U0024558
的妹
哪有
這麼
可愛!
6
伏見つかさ
Tsukasa Fushimi
Illustration◆かんざきひろ

第一章

我的妹妹名叫高坂桐乃。除了是個美人之外，不但功課、運動全能，課餘還從事讀者模特兒的工作——她就是這樣的國三學生。

一直以來我們兄妹間的感情都不是很好——不，這麼說好像又有點不對。應該說是沒有任何感情，只是無視彼此的存在。

一個是歌頌著美麗人生的妹妹，另一個則是滿足於平凡生活的哥哥。

我們就像是水火不容的兄妹。

我把妹妹當成居住在另一個世界裡的人一樣，盡可能想辦法遠離她。

而妹妹則是把這個喜歡平穩生活的哥哥，當成不求上進的懶惰蟲而打從心裡看不起我。

雖然住在同一個屋簷下，但兩人之間卻有一道相當深邃的鴻溝。

基本上根本不會有互相了解的想法產生。

但我們的關係卻在這一年內……完全改變了。

是的。自從那個夏天之後，已經過了一年。時間……真是過得很快。

事到如今應該也不用多做說明了。我因為知道了妹妹的祕密，接受她超出常軌的人生諮詢，幫忙她做了一大堆事情並且狼狽地東奔西跑——

事隔多年才又互相怒吼、叫罵，吐露彼此的真心話。

開始越過那道深邃的鴻溝，觸碰到最真實的彼此。

由於這點實在相當重要，所以我要再次強調——

我最討厭我妹妹了。我想那傢伙一定也很討厭我。

這到現在仍然沒有改變。而且絕對不會改變。

只不過呢……

現在我已經可以挺起胸膛說：

我雖然討厭那傢伙。

但她還是我最重要的家人——

六月。妹妹回國之後的隔天。

當天放學後我一來到客廳，就看見妹妹翹著腳坐在沙發上很高興地講著電話。這傢伙的確說過今天因為要完成國中的復學手續而忙翻了……但照這種樣子看來，應該是已經結束了吧。

這以前曾出現過的景象實在令人相當懷念。

我一邊側眼看著講電話中的妹妹，一邊說了聲「我回來了」。

結果桐乃看了我一眼之後，稍微對我點了點頭。

「嘿……」

跟以前那種直接無視我存在的情形相比，現在的待遇多少已經有點改善了。

我為了拿飲料而走到冰箱旁邊。途中很自然地便聽見妹妹講電話的聲音。

「是的。事情就是這樣——不，我還沒決定……是不是要回去工作。所以，請讓我再考慮一陣子，是的——」

看來是在跟模特兒工作相關的業者講電話。

這傢伙難得講話那麼客氣。難道真的不打算再工作了嗎？

……真是讓人在意。

我打開冰箱，拿出兩瓶罐裝果汁。關上冰箱門後，稍微瞄了妹妹一眼。

桐乃才剛掛上電話，馬上就又開始打給另一個人了。

「哈囉——小蘭。妳應該從綾瀨那裡聽說了吧——我回來了。咦？嗯，已經一直要待在這邊了。總之在畢業之前會先在這邊努力練習累積實力。耶嘿嘿，對不起哦——讓妳嚇了一大跳。」

現在講電話的對象應該是學校朋友吧？也就是所謂的回國報告。

我打開果汁的瓶蓋後將它放在妹妹面前。接著便坐到她對面，開始看起漫畫週刊。話先說在前面……我可不是想待在妹妹身邊才在這裡看漫畫的唷！

「……嗯——……那近期……就約在秋葉原見面吧？」

從講話的內容來判斷，現在應該是在跟沙織講電話吧。雖然沙織因為桐乃忽然消失而相當生氣……不過照桐乃的表情看起來，兩個人似乎已經順利和好了。目前談到——又要在秋葉原舉行派對了。

我、桐乃、黑貓和沙織最近可能又有機會聚在一起了。

我們已經很久沒有四個人齊聚一堂。

「這樣倒也不錯……」

我的視線雖然還停留在漫畫週刊上，但感覺自己的嘴角已經露出了微笑。

之後又過了三十分鐘左右。當我看完一整本漫畫週刊時——

妹妹她竟然……到現在還在講電話。

不過她不是一直和同一個人講電話，而是和某人講一陣子之後馬上就掛斷，接著又撥給另一個對象——她就是一直重複著這種動作。

在旁邊的我終於看不下去，看準桐乃掛斷電話的時機對著她說：

「妳啊……到底打算撥電話給多少人？」

「嗯？嗯——我也不知道。反正就是全部朋友嘛。其實也可以傳簡訊，但這麼久不見了，總是會想聽聽對方聲音，想直接跟人家報告我已經回國了！」

「……是這樣嗎？那不好意思哦，打擾妳了。」

「沒錯沒錯——超礙事的。還有你為什麼從剛剛開始就一直偷瞄我？很噁心耶！」

「我……我才沒有咧。妳別誤會了。我只是覺得在二樓喝完果汁之後，還得拿下來丟很麻煩而已。」

嘖，對我的態度還是那麼惡劣。難得本人這麼親切地關心妳的事情耶。這時被驅趕的我只得不情願地從沙發上站起身來。

「哼。」

話說回來，這傢伙在學校裡好像是個風雲人物嘛。

不過御宅朋友只有黑貓和沙織兩個人而已，我差點給忘了。

桐乃她還有許多我不認識的超級好朋友。

而在國外時即使很想念他們也沒辦法和他們聯絡——所以她現在一定很想盡情和這些朋友聊天吧。

就像昨天在機場見到黑貓時那樣。她也想跟其他朋友分享再次見面的喜悅。

雖然這是理所當然的感情，也是會令人不禁莞爾的畫面，但不知道為什麼……

我就是覺得不太高興。

——我跟妹妹的關係大概就是這個樣子。其實現在回想起來還是會覺得不好意思，不過就在前幾天，我親自長途跋涉跑到美國去跪求妹妹跟我一起回到日本來。

正因為發生了這件事，原本以為我和妹妹之間的關係多少會有些改變。

……但現在究竟是怎麼樣呢？事實上真的有改變嗎？

我倒是變得滿在意妹妹的事情就是了。

但是對方卻完全無所謂的樣子。對我的態度依然是那麼惡劣。

嗯……看來我們之間的關係還是沒有任何改變……至少我是這麼想的……

對了對了，說到人際關係，就想起還有一件令我相當困擾的事情。

其實是關於黑貓的事情啦——

隔天放學之後。場所是在遊研的社團教室裡。

跟春天時比起來，這個原本雜亂不堪的地方，現在也因為某個有潔癖的社員而變得乾淨整潔了許多。那些堆積如山的成人遊戲與商品不知道都被收到哪個異次元空間裡去了。這實在讓人越想越是覺得不可思議。

即使之前那個遊戲競賽已經結束，我還是時常到這個社團教室裡來露個臉。

當然是為了來看黑貓。她是聽我的建議才會加入這個社團，所以我怎麼能丟下她不管？

但是黑貓在社團裡面已經交到同性朋友，現在其實已經不需要我了。所以我也只是偶爾來看一下黑貓在做什麼，不然就是自己在裡面自習或者是和其他社員說話——大概就是這樣。

但我今天到社團教室裡面來，其實另有目的。

「喂……」

「…………」

「喂——？黑貓小姐——？」

「……幹嘛啦？吵死人了！」

黑貓停下手裡的工作，不情願地轉過頭來。我用像在跟情人講話的聲音說：

「隨……隨便叫一下而已♡」

「沒事的話不要跟我說話。打擾到我了。」

「……………」

黑貓竟然是用那種不耐煩的表情來回應我充滿甜蜜的呼叫。從她那種冰冷的眼神可以判斷出，這應該是她真實的感覺。

一點都看不出有任何像戀情或是愛慕的甜蜜感。

真……真是奇怪哪～這傢伙明明前陣子才親了我一下啊。

或許有人已經忘記了，在這裡就讓我向大家炫耀一下吧，當時黑貓在校舍後面痛罵猶豫著該不該去找桐乃的我，然後說：

「……是『詛咒』唷。如果你半途而廢，就會馬上死亡的詛咒。」

接著便在我臉頰上輕輕一吻。

她就藉著這樣的行動鼓勵我，讓我可以鼓起勇氣到妹妹身邊去。

沒錯。就是託她的福，我才能順利將桐乃帶回日本……

但事後仔細一想，才覺得「唉唷！她那不會是兜圈子在向我告白吧！」而感到心跳不已。

但是呢……這傢伙為什麼在發生那種事之後，又完全沒有害羞的模樣呢？面對她這種「若無其事」的態度，就好像那天的事情完全只是我在作夢而已。說起來呢，這傢伙昨天也是這種態度，不過那時候她才剛跟最喜歡的桐乃久別重逢，所以我想她應該沒空注意到我才對。但過了一天之後一切已經塵埃落定，這傢伙的態度卻還是那麼冷淡。

這可真是大大地令人洩氣。

這樣想起來，昨天晚上在床上滾來滾去想著「呀——————如果那傢伙喜歡我該怎麼辦！」的我，不就完全像個傻瓜了嗎？實在是羞死人了。

我說啊……你們如果站在我的立場，會怎麼做呢？

一定也跟我一樣，很在意這究竟是怎麼一回事吧？

「喂——黑貓。妳聽我說嘛……」

「到底有什麼事……不要再搗亂了好嗎？」

似乎可以看見黑貓頭上出現表示不高興的狀聲字。

於是我迅速靠近她的耳朵邊，低聲囁嚅道：

「……那個……就是啊……關於……之前在校舍後面的事情……」

「……！」

「那個……究竟是什麼……」

但我沒辦法把這句話說到最後。在我確認黑貓的反應之前，門便「碰！」一聲被打了開來，接著瀨菜便衝進教室裡。

「五更同學五更同學五更同學！妳聽我說嘛！」

這個吵死人的巨乳眼鏡女瀨菜……

她不但是黑貓的同班同學，也是遊戲研究社一年級社員。

順帶一提「五更」呢，是黑貓（身為人類時）的本名。

因為瀨菜跑進來打岔，害我對黑貓的質問也只能到此為止。

黑貓不知道為何安心地「呼」一聲吐了口氣。

「……又來個吵死人的。這次又是什麼事？」

「我剛才用手機看了一下同人遊戲的留言板，結果我們製作的遊戲竟然被人誇獎了耶！」

這女人到現在還在２ch上搜尋關於自己遊戲的留言。

還真是不死心哪。

話說回來，當瀨菜提到「竟然被人誇獎了耶」這一點時，我想大家應該就知道普羅大眾對我們製作的遊戲「強欲迷宮」有什麼樣的評價了吧。

「來，你們看一下這篇留言！」

瀨菜興奮地把手機螢幕拿給我和黑貓看。

「我實在不喜歡看這個留言板。因為老是寫我們的壞話。」

「哎呀哎呀高坂學長，先別這麼說嘛。」

「難道不是嗎？那我倒要瞧一瞧，是哪篇……最新的留言是——嗚哦，怎麼增加了那麼多！啊，結果都是同一個ＩＤ嘛！」

「嗯嗯，昨天晚上好像有人在留言板上吵起來了，留言串才會變得這麼長。然後呢——」

將那兩個在留言板上吵架的人所寫的留言整理出來之後，大概就是這樣。

「在人家推薦之下玩了這款遊戲，結果根本是款超級kuso game嘛ｗｗｗ總之呢，遊戲平衡度實在太差勁了ｗｗｗ這麼困難的遊戲哪有可能完全攻略嘛ｗｗ」

「不，那是因為你自己太遜了。不關遊戲平衡度的事。」

「在批評的留言串裡面擁護嗎ｗ製作者大人親自降臨囉ｗｗ」

「說起來在這裡被批評的只有故事劇情而已。遊戲平衡度算是已經調整得相當完善了。」

「原來如此，真的是吵起來了。不過，是哪邊被稱讚呢？」

我抬頭將視線從手機螢幕上移開後，瀨菜不太高興地冷冷「哼……」了一聲。

「你看仔細一點嘛，學長。這個把ＩＤ弄成鮮紅色然後拚命抹黑的傢伙呢，實在讓人覺得活著也沒用乾脆死一死好了，但你看一下這個幫我們說話的人寫的留言！他寫遊戲平衡度調整得相當完善耶！嗚呵呵沒什麼好隱瞞的，調整的人就是我啊！」

和妳一起製作的我當然知道了！不過妳也不用高興成這樣吧，拜託！

瀨菜這傢伙，竟然為了這麼一句不仔細看便不知道的話而感到如此高興嗎？

……不過，其實她這麼一說我也滿高興的就是了。

自己拚老命製作出來的遊戲被人家批評地一文不值，害我原本已經不想再看2ch這種網站了呢。

說起來我這人也真是現實。於是我發自真心地對她說：

「那真是太好了。」

「嗯！哎呀～我現在整個人可以說是幹勁十足！好——接下來也要好好努力唷～！」

瀨菜一邊轉著手臂一邊展現出充滿活力的模樣。她外表看起來是很沉穩，但只要一興奮就會顯露出像小孩子一樣的本性，不過這或許就是她對我們敞開心胸的證明吧。

唔姆。真是可愛啊。

不過妳這傢伙，如果這是在十八禁遊戲裡的話，差不多再登場九次就可以進入色情場景了，給我記清楚一點啊。

另一方面黑貓呢，則是看著瀨菜硬推過來表示要她「快看快看」的螢幕，臉上露出了奇妙的表情。原本以為這個傢伙多少也會有點高興～但看來只有這麼一句稱讚仍嫌不夠。不然就是對那個批評的傢伙感到很不高興吧。

於是我稍微問了她一下。

「我說黑貓……其實妳也覺得很高興吧？」

「…………」

不過黑貓沒有回應。

但是……在瀨菜跳著小碎步往自己的位子回去之後，黑貓用只有我能聽見的細微聲音囁嚅道：

「……那個……其實那個留言……是我寫的啦。」

「結果是這樣啊！」

那就沒什麼好高興的了！因為是自己寫的文章嘛！

但是——至於為什麼要這麼做嘛，如果是這個傢伙的話——應該就不是為了維護自尊心吧。其實只要看留言的內容，就可以知道她的意圖了。

可惡——都是因為瀨菜跑過來，害我對黑貓提出的問題就這麼無疾而終。

下次找個沒人打擾的時機再問一次吧。心裡雖然這麼想，但是最近實在沒什麼和黑貓單獨相處的機會。社團教室裡有其他人在，而我和黑貓又各自有瀨菜和麻奈實這兩個拖油瓶，所以很難兩個人一起回家。

仔細一想，沒有幫忙製作遊戲這個藉口之後，就不可能有和黑貓兩個人單獨待在我房間裡的情形了。

現在想起來可真令人懊惱。

難……難道說我錯過了人生中一次非常重大的機會嗎……！

不過真想跟她兩個人獨處的話，也可以學黑貓之前那樣把她給叫到某個地方來……但很可惜的是我沒有那種膽量！老實說剛才的發問也是擠出最後一絲勇氣才好不容易說出口！

說起來我也真是丟臉。如果你們要叫我膽小鬼京介也沒關係。

我一邊往家裡走一邊想：

黑貓那個傢伙……對我到底有什麼想法呢？

我之前也曾經問過她了。結果那個傢伙……是怎麼回答我的？

「喜歡啊……就跟你妹妹喜歡你的程度差不多吧。」

……………………………

我整個人沉默不語，拿出自己的手機，從通訊錄裡找出那傢伙的電話號碼。

……嘟嚕嚕嚕嚕……喀嚓。鈴聲剛響對方馬上就接起電話。

「幹嘛？」

對方以完全無關緊要的態度回答著我。沒錯，我正是打了通電話給桐乃。

我相當輕鬆地這麼問道：

「問一下哦，妳有多喜歡我呢？」

「啥？你在說什麼啊？」

「…………」

「……我說啊——雖然告訴了你我的手機號碼。但除了緊急情況之外，可不可以別打電話或是傳簡訊過來啊？很煩耶！」

嗶。嘟——……嘟——嘟——……

「竟然掛斷了！搞什麼嘛……也就是說她還是很討厭我囉。」

說的也是。桐乃那傢伙確實……沒有任何改變……明明都已經發生過那種事了。

不過，這麼說起來……

黑貓她也討厭我囉？不不不，應該不可能才對。或許她喜歡我只是我的自我感覺良好而已，但應該不至於討厭我才對啊。

因為她都親過我了！

……她到底是什麼意思嘛。究竟是喜歡我？還是討厭我呢？

還是說兩邊都不是？嗚哇——……完全搞不懂啊……

感到懊惱的我翹起了嘴唇，用充滿埋怨的眼神看著手機。

早知道就不打電話給那個傢伙了。感覺上我最近怎麼時常遇見手機相關的倒楣事？像是綾瀨還把我設為拒接來電……嗚嗚……可惡，怎麼流鼻水了……難道是感冒了嗎？

桐乃與綾瀨感人的相會，是在我從學校回到家裡之後所發生的事。當我從廁所裡出來時，綾瀨正好來到我們家。當桐乃打開玄關大門的瞬間……

「桐乃～～～～～～～～～～～好久不見～～～～～～～～～～～～～～～～～～～～」

「等……等等啊，綾瀨……」

綾瀨整個人撲到桐乃的懷抱裡，接著便把頭埋在桐乃胸前並緊緊抱住了她。

高興的程度簡直就像歷經千辛萬苦才再度相遇的戀人一樣。

「因為……因為……嗚嗚……」

「我回來了……綾瀨。」

「嗯……歡迎回來，桐乃。」

我眼前又再度出現——桐乃在機場和黑貓再度重逢時完全相同的景象。

「抱歉，桐乃……我本來也很想早點來見妳的。」

「沒關係啦。妳工作也很忙吧？其實我昨天去學校辦復學手續時本來想去跟妳見個面，但那時還是上課時間……那個……我呢……就算在美國也購讀了所有刊載綾瀨的雜誌唷。」

「真的？好高興哦……對了對了桐乃……妳這次會一直待在日本了是嗎？不會再什麼都沒說就跑到遙遠的地方去了吧……？」

「嗯……明年還不太確定，但畢業之前都一直會待在這邊唷。」

「這樣啊！太好了……！雖然這麼說可能對桐乃有些不好意思……但是，桐乃妳能夠回來日本……我很高興……真的——很高興。」

「謝謝妳，綾瀨。對不起哦，一直都沒跟妳聯絡。」

桐乃說完之後，很慈祥地摸著綾瀨的頭。

……也……也差不多夠了吧……

妳們兩個女孩子！在人家家裡的玄關前面摟摟抱抱成何體統啊！

讓我害羞到看不下去了。

我馬上就爬上樓梯躲到自己房間裡。然後說了句：

「哼，沒事就好！」

我輕輕嘆了一口氣，然後把門關上。

沒錯，和黑貓見面、與沙織和好，最後再和綾瀨見面——

桐乃回國的騷動總算在此告一段落，算是有一個了結。

可以說是可喜可賀。

——本以為可以就此天下太平，但下一個騷動馬上又降臨到我身上。

「大哥，我有事要找你商量。」

「又來了！……喂……喂！綾瀨，這一次又要我做什麼？」

才剛解決自己妹妹的人生諮詢，接下來又是妹妹的朋友想要來利用我……雖然很不想再提了，但還是說一下這裡是我們家附近的公園。

與上次一樣，綾瀨又傳簡訊到我的手機——然後把我叫到這裡來。

「唔，大哥——怎麼看起來很不情願的樣子呢？」

身穿制服的綾瀨稍微鼓起了臉頰說道。

也不是說不情願，只不過妳這傢伙和桐乃一樣，拜託我的時候都不會有好事情。

「老實說我是不太想聽。」

「願意幫忙的話，本來想把你的拒接來電解除呢……」

「好，那就交給我吧。」

「馬上就答應？」

「那是當然。妳啊，知不知道被國中女生設為拒接來電對我打擊有多大？我差點就在大馬路上痛哭流涕了！」

「……你……你也太誇張了吧！」

是真的。一點都沒有誇張。

由於綾瀨臉上出現「看來真的對大哥有點不好意思」的表情，所以我也就決定順勢繼續展開攻擊。我雙手抱胸這麼對她說道：

「解除拒接來電那是一定要的——但還要負起傷害我心靈的責任。」

「雖然我自認為把大哥設定為拒接來電這件事我沒有錯……但是你都已經願意幫我了……我也只好答應你。」

綾瀨用奇妙的表情抬頭看著我（↑好可愛），然後保持視線朝上的姿勢對我問道：

「……那麼，具體來說你是要我怎麼樣負起責任呢？」

「跟我結婚吧！」

「我馬上報警！」

噗————————————！

可惡，這個臭女人竟然啟動手機的防狼警報器了！

我只不過是開個玩笑而已！

嗚哦啊啊啊啊！妳這傢伙就這麼想把我變成性侵犯嗎？

我急忙伸出雙手對她說：

「ＯＫ是我錯了，妳先冷靜下來！大哥我有點太得意忘形了！拜託妳馬上把警報器停下來！等一下有人要衝過來了！而且這後面馬上就是警察局了耶——」

「我知道。所以我才會都選在這裡和大哥你單獨見面。」

「太過分了！」

妳到底有多不信任我啊！

喀嚓。綾瀨再度拉了一下從口袋裡露出來的繩子，警報器這才停了下來。

「我剛才有一半是開玩笑的啦。」

「給我說完全是在開玩笑！」

所以我才這麼不願意和這個女人見面！根本不會有什麼好事！

就算長得再怎麼可愛，每次都要把我當成性侵犯我可受不了唷。不過說起來這也是我自作

自受就是了。

由於警報器已經引起人家的注目，於是我們便換了個地方。

等安頓下來之後，我再度問道：

「那——妳是要我幫什麼忙？」

「其實是關於加奈子的事情啦。」

「加奈子？啊啊……就是那個長得跟梅露露一模一樣的臭小鬼吧。那傢伙怎麼了？」

「那女孩現在跟我在同一間事務所裡從事模特兒的工作。」

「……真的假的？」

想不到她才剛因為抽菸被警察輔導而已，妳們事務所就願意僱用她了。

「真的。然後我們最近要在秋葉原UDX那裡舉辦……是叫梅露露吧？好像要舉辦與那個相關的活動。而加奈子則是要在那裡登台。」

「這樣啊——這麼說……是要cosplay梅露露囉？」

「嗯。就是要扮成梅露露。」

「這也算模特兒的工作嗎……？」

怎麼好像有點不太一樣？

「這當然也是模特兒的工作囉！」

……雖然妳滿臉笑容的這麼說……但我總覺得加奈子那個傢伙是被妳們事務所給矇蔽了。因為那傢伙是個笨蛋啊。

不過呢，加奈子確實長得跟梅露露很像，在台上又很會把御宅族迷得團團轉，可以算是很適合這份工作啦。事務所或許就是知道這一點，才會僱用那個死小孩吧。

「……那妳要我做什麼？」

催促綾瀨繼續講下去之後，只見她微微一笑接著說：

「我要你跟上次一樣，扮成經紀人然後和她一起去參加活動。」

「為什麼要我去呢？要是擔心的話妳自己去不就得了？」

「那天我剛好有其他事情……」

「就算是這樣，妳們事務所應該也有其他真正的經紀人在吧？難道有什麼理由一定得要我這個外行人出馬嗎？」

「確實是有。」

綾瀨「呼——」一聲嘆了口氣之後，再度看了我一眼，然後突然改變了話題。

「那個女孩跟我約法三章說好要戒菸了。」

「啊啊，聽說好像是這樣。」

雖然綾瀨輕～鬆地表示「約法三章說好要戒菸了」，但以她的個性來看，真實情況一定不

可能那麼簡單。

在我這個每次都被她恐嚇「要把你幹掉唷！」的人看來，感覺就像是她已經把加奈子殺了並且埋在山裡，然後還露出笑容對我說「那個女孩跟我約法三章說好要戒菸了」。這實在是太恐怖了。

加奈子真的還活著嗎？真是令人擔心哪……

「大哥，你是不是在想什麼沒禮貌的事情？」

「妳想太多了。」

女人這種生物，第六感真是太敏銳了。

「她說好要戒菸了然後呢？要我幫忙一起到山裡埋屍是嗎？」

「才不是咧。你在胡說些什麼啊？我是希望大哥你——幫忙確認她是不是真的有持續在戒菸。」

「？」

「你也知道那個女孩子很會哄騙人吧？所以就算她嘴裡說『很抱歉，我真的有在反省。絕對不會再吸菸了』，實際上可能只是沒在我們面前吸菸而已，等我們看不到時馬上就故態復萌了。」

「……那個傢伙確實很可能會做這種事。」

話說回來……綾瀨小姐，妳竟然讓朋友說出「很抱歉，我真的有在反省。絕對不會再吸菸了」這種話嗎？但關於這部分我實在不敢再追問下去。

她完全不知道我內心的恐懼，接著如此說道：

「你也這麼覺得吧？所以呢——我真的很想確認她到底戒菸了沒有。因為加奈子根本就沒把大哥你放在眼裡，所以她一定會在你面前露出『真面目』才對。」

我看妳也是根本沒把我放在眼裡吧？

「也就是說，那傢伙在我面前或許就會掉以輕心而抽起菸來了嗎？」

「就是這樣。」

「我了解了。不過這麼一來，不就得製造我和加奈子見面的機會了嗎？妳準備怎麼做？幫我們兩個準備一場聯誼活動？」

提出這個問題之後，綾瀨瞬間瞇起眼睛、噘起嘴唇說：

「……變態，我怎麼可能做那種事。就是這樣才會要大哥你想辦法以加奈子經紀人的身分潛入會場裡面。」

「啊，對哦對哦。原來這兩件事是要這樣湊起來啊。」

我的反應也真是遲鈍。

「嗯嗯。我逼問加奈子她通常什麼時候會想抽菸，她回答——在『感到焦躁的時候』或者

『想要集中精神的時候』才會想吸菸。所以我認為，活動開始前待在休息室裡的那段時間應該是她最想抽菸的時刻。」

「所以才要我這個被她瞧不起的人在旁邊監視她嗎？原來如此……這樣我清楚了……不過我沒什麼自信可以當好經紀人唷。」

我軟弱地囁嚅道，但綾瀨卻以活潑的聲音這麼說：

「沒問題的，是大哥的話一定可以勝任。上次你不是做得很好嗎？只要跟上次一樣就可以了。」

「像那樣就可以了嗎？」

「嗯，那樣就很完美了。請對自己有信心。既然我都這麼說了，一定沒有問題的。」

「……這樣啊。如果那樣就可以的話，我就試試看吧。流程我上次就已經大概知道了，應該沒問題才對。」

我明明不是經紀人，為什麼還得聽綾瀨鼓勵我說工作內容完全沒問題呢？冷靜下來之後一想覺得這不是很奇怪嗎？

「拜託你了。」

綾瀨說完後對我露出了閃亮的笑臉。真的是個天使。

「嗯……」

我終於一個不小心，像個少女一樣染紅了臉頰。

……嗚嗚，感覺自己在這個女人面前會一輩子抬不起頭來啊。

我輕嘆了一口氣之後這麼問道：

「順便問一下，如果那傢伙吸菸的話會怎麼樣？」

結果綾瀨臉上依然保持天使般的微笑，只是眼神已經失去了光彩。

「……你想知道嗎？」

「不……不用了。」

恐怖——綾瀨小姐妳實在太恐怖了。

喂喂，加奈子，妳應該有努力在戒菸吧？如果只是嘴巴上隨便說說，妳一定會有生命危險的……

——不過幸好我的擔心只是杞人憂天而已。

「啊～超～～～級煩的啦～～～～～～～好想抽菸啊～～」

加奈子本人就蹲在我的眼前，咬在嘴裡的電子香菸正上下不停地動著。

這種畫面簡直就像是昭和時期會出現的不良少年一樣。當然她這時候還穿著梅露露的服裝，所以裸露的部分相當多。老實說這種衣不蔽體的服裝實在是相當煽情。不過這傢伙乍看之下根本就像個小學生，所以我的海綿體完全沒有產生任何反應。

順帶一提，所謂的電子香菸，是以電力將液體匣裡面的液體變成霧狀，然後讓使用者吸食來代替香菸的機器。由於不含任何尼古丁與焦油，所以被拿來在戒菸時使用。

「呸！這根本不行～味道太差勁了～水果口味的菸能抽嗎～本來覺得很可愛才買的，結果只是嘴裡充滿甜味而已，根本就沒用嘛～」

那個……

我想還是再跟大家介紹一下吧。這傢伙叫做來栖加奈子，是桐乃眾多朋友之一。

我接受了綾瀨的請託，來這裡確認這傢伙究竟是不是真的已經戒菸。不過照這個樣子看來，我的任務應該很輕鬆便能完成。

她現在確實完全沒有要抽菸的跡象。

不過很讓人懷疑會不會持續下去就是了。

時間是週末。地點則是在秋葉原ＵＤＸ的活動參加者休息室裡面。

牆壁上貼著活動的時間表。按照上面的時間來看，距離加奈子參加的「真人版梅露露&阿爾法現場脫口秀」活動還有三十分鐘左右的時間。

在休息室裡的有和上次一樣身穿西裝戴著墨鏡的我、打扮成梅露露的加奈子以及另一個人

「喂，布莉姬。妳去幫我買瓶果汁來嘛。」

「咦……咦咦～……但我現在還在看劇本……」

受到強迫性命令之後，露出可憐表情並感到害怕的是布莉姬．伊凡斯。

她是個有著一頭漂亮金髮的女孩子。也是以前在梅露露cosplay大賽上與加奈子爭奪最後優勝的女孩。現在她身上穿著梅露露敵手「阿爾法」的服裝。

這套服裝除了黑色披風相當顯眼之外，整體來說也相當煽情。透明材質的迷你裙再加上類似學校泳裝材質的內衣，外露的肚臍可以說特別引人注目。個人真的非常希望綾瀨也可以換上這套cosplay服裝。

加奈子就這樣蹲在地上狠狠瞪著布莉姬。

她一邊拿梅露露的「噴射杖」敲著肩膀一邊說：

「啥？妳剛才說什麼？什麼叫『我現在還在看劇本～～』。反正妳快給我去就對了。啊，我要草莓果凍咖啡啊（笑）。」

「……小奈奈，這裡的自動販賣機沒有賣那種飲料啊～……」

「哼——那妳就跑一趟便利商店吧。」

「嗚咿咿……那個……但是……我穿著cosplay的衣服……」

「就穿這樣去啊。快點快點。」

碰磅。

「給我差不多一點，臭小鬼！」

我忍不住從她頭上敲了下去。結果這個綁著雙馬尾的小鬼，一邊摸著後腦杓一邊抬頭用怨恨的眼神看著我。

「很痛耶～……喂！你這個新入行的經紀人竟敢打我這個未來的偶像！」

「什麼？誰是未來的偶像啊！妳別再欺負人家小女孩了！」

而且還一副樂在其中的模樣！妳是虐待狂嗎！

「啥啊？加奈子的個子還比她矮耶～！」

「……少……少說歪理了……」

我開始頭痛了！真令人難以相信，這小鬼ＤＱＮ（註：網路罵人用語。指沒有常識、水準低下的人）的程度可以說比全盛時期的桐乃還要厲害啊。

「——好啦，我去幫妳買飲料可以了吧。妳好好對待人家好嗎？」

「你這傢伙……明明是個新人為什麼還敢這麼囂張啊？跟我講話這麼沒禮貌～說起來準備飲料本來就是你的工作了吧，笨蛋！之後一定要跟事務所告你一狀！」

「好啦好啦，隨妳高興。是我不夠用心可以了吧？」

我本來就是個外行人了，怎麼可能做得像個真正的經紀人一樣呢？

雖然會去幫忙買飲料，但對妳這小鬼還是會毫不留情地吐槽下去。

活動正式開始前十分鐘。

幫兩個人買來飲料之後，我幫布莉姬練習她的劇本。她在上一次的cosplay大賽之後，似乎非常努力地練習了日文。雖然現在日文會話已經非常流利了，但還是不太會閱讀漢字。

「……那個……這個漢字要怎麼唸呢？」

「這唸做『屠殺』唷。這劇本裡出現的漢字還真是血腥耶。」

不過梅露露算是有許多戰鬥場面的動畫，所以這也是理所當然的吧。

「……謝謝你，經紀人大哥。」

「嗯嗯。還有其他字不會唸的話，盡量問我沒有關係。」

「好。」

布莉姬輕輕坐在我旁邊，然後對著我露出微笑。她是個非常乖巧又有禮貌的女孩子，可以看出她的家教十分良好。

先前還住在英國的她，目前已經正式在日本開始了演藝活動，現在和加奈子以及綾瀨同屬於一間事務所。

我是不清楚啦，不過難道說綾瀨的事務所也開始加入御宅族事業了嗎？

我稍微瞄了一下加奈子。那個雙馬尾的臭小鬼現在正整個人趴在沙發上。除了很難看的咬著電子香菸外，身穿短裙的她還大刺刺地伸出雙腳，所以內褲整個都露了出來。真是的……這裡可不是妳自己的房間！

「啊──真無聊──……喂，那邊的蘿莉控。過來按一下加奈子的肩膀。」

「妳這傢伙真的是個死小鬼耶。妳說誰是蘿莉控啊！」

別淨說些容易招人誤會的話好嗎？

不過呢，怎麼說我今天也是來擔任她的經紀人，所以幫她按摩一下肩膀倒是無所謂啦。

「遵命遵命。」

我慢慢朝沙發旁邊移動。站到趴在沙發上的加奈子身邊後，便開始按照指示幫她按摩肩膀。不過根本就很柔軟嘛。一點都不僵硬啊。

結果加奈子以十分享受的聲音說：

「嗚咿～～～好舒服哦～～」

「那真是太好了。這邊對嗎？」

「……啊──就是那裡，好棒～稍微大力一點……嗚嘻嘻……」

看來她似乎很享受我的按摩。話說回來，雖然已經習慣妹妹的頤指氣使，但現在還得聽這個惡劣小鬼的話，實在覺得有點丟臉。

經紀人這個工作，比想像中來得辛苦啊。

「現在我的背開始癢起來了，幫我抓一下。」

「這邊嗎？」

「才不是那裡咧！笨蛋。應該說是內衣的帶子，還是背後蝴蝶結的下面……」

「很麻煩耶妳……」

這傢伙真的不把經紀人當成人看。怎麼說我也是個男人啊。

「拜託嘛～經紀人大哥♡」

「……剛才內褲露出來也不在乎的傢伙，現在跟我撒嬌也……」

只能感到一股沉重的無力感。看到她的真面目之後，可以說整個都幻滅了，開始替那些對這傢伙喊著好萌好萌的御宅族們感到很悲哀。

像她這種樣子，活動正式開始時真的沒問題嗎？

「那又怎麼樣～有什麼關係嘛～」

「是是是。這樣嗎——？」

「嗚嘻ｗｗ就是那邊ｗｗｗ」

「別出些怪聲！」

回過神來之後，發現布莉姬正面紅耳赤地盯著我們看。

「呼啊……」

「……怎……怎麼了？」

「咦？啊，沒有……總覺得沒辦法專心……」

「啊——不好意思哦。因為這傢伙實在太吵了。」

啪嚓。我輕輕敲了一下加奈子的頭。

「很痛耶～」

加奈子按著頭，發出不滿的聲音。

「你幹嘛偷懶啊——這次換按摩加奈子的臀部了。」

「屁股妳自己按就可以了！說起來妳這傢伙活動開始前沒看劇本真的可以嗎？才剛剛拿到的不是嗎？」

「啥？劇本？哼，那種東西稍微瞄一下就可以了啦。」

這傢伙在說什麼蠢話。明明就是個超級大笨蛋還想裝聰明。

那我就來測試妳一下。

「那麼……我們就稍微排演一下入場的部分吧。」

我拿起加奈子的劇本這麼說道。接著又微笑著對布莉姬說：

「那個，布莉姬啊，可以跟她一起排演一下嗎？」

「好……好的。」

「嘖，真麻煩。算了，要是布莉姬正式來的時候搞砸了，我也跟著倒楣。那就來排吧。」

加奈子和布莉姬雖然各自出現完全不同的反應，但看起來是同意要進行排練了。

我（僵硬地照本宣科）開始唸出劇本裡屬於主持人部分的台詞。

「那麼我們現在就請來賓登場。今天我們專程請到了『星塵☆小魔女梅露露官方cosplay大賽』的兩位優勝者來到我們現場。讓我們歡迎小奈奈以及布莉姬小妹妹登場——」

緊接著——

「——事情就是這樣～我現在和布莉姬在同一個事務所裡面工作了～♡我們兩個現在感情已經很好囉，對吧？」

「嗯！是啊。」

「——嗯～那個時候我真的～～嚇了一大跳～～沒想到克拉拉本人會和我一起唱歌……這會成為小奈奈我一輩子的回憶～～～～♡」

想不到加奈子似乎真的把劇本全部背起來了。當她在說話時我一直盯著劇本看——但真的完全沒有出錯。竟然可以這樣毫無窒礙地把台詞說出來。我甚至有了——所謂天生的演藝人員可能就是她這種人吧的想法。

由於實在太過驚訝了，我便直接問道：

「咦？妳應該是個笨蛋才對啊？」

「喂，你說誰是笨蛋啊～～！既然已經收了人家的錢，該做的我就一定會做好！你是白痴嗎～～～～～～～～～～～～～～？有哪個偶像會在台上隨便表演的啊？別因為加奈子長得蘿莉又可愛就瞧不起我唷？知道了嗎？」

「——哎呀，確實是我不對。」

我發自真心向加奈子道歉。說的也是，她可是專業的演藝人員啊。

所以一定得把自己份內的工作做好才行。這傢伙倒是很清楚嘛。

基本上這小鬼真的是很～隨便，而且時常顯露出自己愚蠢的一面。

但應該認真的時候，就確實能夠認真以對。

真可恨……我又佩服起這個蠢蛋女孩了……

這時加奈子慢慢用手杖的握柄戳起布莉姬的額頭，然後說：

「話說回來，布莉姬妳這傢伙——講話怎麼這麼僵硬啊～？沒辦法再放鬆一點嗎——？」

「但……但是……得按照劇本唸才行啊……」

「笨蛋～不按照劇本也沒關係啦，我會好好配合妳的。cosplay大賽時沒有劇本，將妳最自然的一面展現出來也很可愛了不是嗎？按照那樣子就可以了。」

「就算妳這麼說……還……還是會緊張啊……這次是以阿爾的官方cosplayer身分參加活動，如果失敗的話……也會對阿爾產生不良的影響……」

「那是妳想太多啦——只不過是動畫而已，何必產生那麼強烈的移情作用呢？」

「才——才不只是動畫而已呢！不要瞧不起梅露露好嗎！」

「好啦好啦，我知道了。動漫宅～辛苦妳的護航了。是我不對總可以了吧？」

加奈子邊說邊嘻嘻笑著。

布莉姬則是眼眶含淚，身體不停發著抖。

接著她的眼神忽然變得相當銳利，開口直接就說：

「我最討厭小奈奈了……」

「嗚嘿嘿，隨便妳～要是不服氣的話，等一下就好好表現給我看哪。可別怯場了——其實只要把今天到場的聲優宅們，全部當成崇拜可愛自己的信眾就可以了。」

這傢伙真不知道是大明星或者只是個笨蛋而已。

還說什麼崇拜嘛……

「怎……怎麼可以這樣！對特別來看我們表演的觀眾太失禮了吧！」

雖然布莉姬這麼說，但一想起上次活動裡看到御宅族們那種恐怖的狂熱模樣，就會覺得其實加奈子說的好像也沒錯。

就這樣嘲弄著布莉姬的加奈子忽然往我臉上一看。

「唷？這次怎麼不阻止我了？」

「我才不會咧。」

因為看也知道妳這次不是在欺負人，所以沒有阻止的必要。

我抬頭看了一下牆上的時鐘，接著開口說：

「差不多是時候了——」

「了解——」、「好的——」

「兩個人上台去吧。要好好加油唷！」

這次在秋葉原UDX舉行的活動，正式名稱是——

「星塵☆小魔女梅露露第三季播映前粉絲感謝祭」。正如這又臭又長的名稱所示，是為了幫下個月開始播映的第三季梅露露動畫造勢所舉辦的慶典。

內容有在主舞台上舉行的聲優脫口秀、主題曲演唱會、OP影像的試映等等。前陣子在官方cosplay大賽裡獲得許多支持的加奈子與布莉姬也以特別來賓的身分參加這次活動。她們會混在聲優群裡面一起唱歌與舉行脫口秀。

會場裡除了中央的主舞台之外，還有其他販賣商品的攤位。距離活動開始已經有一段時間的現在，結帳櫃檯前面依然是大排長龍，隊伍甚至還延伸到會場外面去了。

就像comike時一樣，御宅族們為了只能在會場買到的限定商品而排著隊。

「還真是熱鬧啊……」

參加人數比cosplay大賽的時候要多出許多。也就是說這是比上次的大會還要受矚目的活動囉。

主舞台前面分為指定席與站票兩種等級，而在指定席的一角則設置了相關人員專用座位。而我現在就坐在這區的位置上。脖子上還掛著顯示我是工作人員的識別證。

在這種地方穿著西裝果然很悶熱。

目前活動已經開始，舞台上的大畫面正播放著梅露露第三季ＰＶ。接著是動畫製作人手握麥克風開始向大家解說了起來。

「──沒錯！正如剛才ＰＶ所播放的──這次梅露露將會變成敵人！」

哦哦哦──會場發出一陣騷動。

這我也是第一次聽到。梅露露變成敵人的話那就像那個嘛……以七龍珠來比喻的話，就是

悟空變成了敵人對吧？那實在是太慘了。

絕望程度可以說跟Fate小姐的近況差不多。

不過除了解說的內容之外，這名女性製作人竟然還穿著ＥＸ梅露露（服裝是黑色的話，應該是暗黑魔女版本？）的服裝，讓所有喜歡梅露露的大朋友們也在另一方面上感到興奮不已。

就連對動畫沒什麼興趣的我也不禁心跳加快了呢。

「第二季結尾時梅露露已經變成宇宙最強的星塵小魔女——但在本作裡將會暗黑魔女化以敵人的身分登場！而和她對抗的便是我們這次的新主角群們！」

隨著「請看——！」的呼喊聲，背後的大螢幕上映照出將成為新女主角的女孩子們。

她們的外表分別是看起來相當溫柔又穩重的女孩、眼神銳利的金髮女以及長頭髮的大小姐，名字則依序為星塵小魔女牡羊座、巨蟹座、處女座。

「三個人都很可愛吧～？」

會場裡的大朋友們異口同聲喊著「好可愛————唷！」

「謝謝大家——我們今天也請擔任新主角們的聲優來到了現場，稍晚她們上場時還會向大家詳細介紹這些女孩子的詳細資料唷。接下來呢，在本作裡面我們將呈現與之前魔法對戰完全不同的戰鬥場面。前兩季身為女主角的梅露露，已經以壓倒性魔力活躍於多場戰鬥當中——但這次她將變為敵人。為了對抗這個最強的暗黑魔女，新女主角們必須利用智慧與團體合作來戰鬥。當然，身為梅露露好友同時也是敵手的那個人也會登場——所以將會是充滿戲劇性以及緊張感的戰鬥場面唷～～！請大家拭目以待～～」

嗚哇哦哦哦——————！梅露露太棒了——————！

亢奮的御宅族們發出龐大的噪音，吵鬧的程度甚至讓人懷疑他們是不是已經瘋了。

我由於實在太過嘈雜而轉過身去，但馬上就看見被欄杆隔離在舞台遠方的站票觀眾們，也產生了一陣幾乎快將欄杆壓壞的騷動。

簡直就像在看殭屍電影一樣嘛。

只不過這次怎麼說我也是以演出者關係人的身分待在這個地方，所以對於這些群眾的狂熱不會像上次那樣感到相當煩人。

甚至可以說對這些炒熱現場氣氛的可靠人群懷有感謝的心情以及奇妙的同理心。這真是太不可思議了。

活動就這樣順利進行著——然後終於輪到加奈子她們出場了。

「那麼我們現在就請來賓登場！今天我們專程請到了『星塵☆小魔女梅露露官方cosplay大賽』的兩位優勝者來到我們現場～讓我們歡迎布莉姬小妹妹以及小奈奈～～～～！」

主持人介紹完之後，布莉姬以及加奈子便出現在舞台上。

「各位朋友，大家好～～～～～～～～～～☆我是星塵小魔女梅露露唷♪唉唷不對！

我是小奈奈啦，請多多指教～～～♡」

「傳說中的真人梅露露來了————！」、「好可愛啊！小奈奈妳好可愛唷！」

「布莉姬————！」、「dyukusi（註：動畫或漫畫裡揍人時常會出現的狀聲詞）ｗｗｗ我一直有看妳放在nico nico動畫上的影像唷ｗｗｗｗ」

「謝……謝謝！希望你今天玩得愉快！」

布莉姬很有禮貌地對著粉絲們揮了揮手。要說明剛才的對話內容嘛——就是她似乎有在網路上的影像網站裡，上傳了自己cosplay的影像。

（我也是剛剛才聽說的。）

大概一年多前那些cosplay影像在日本的梅露露粉絲網站之間造成話題，結果還進入了nico nico動畫網站的某個排行榜裡面呢。也就是這樣，布莉姬才會興起參加日本cosplay大賽的念頭。

她很高興地對我說「我很努力很努力地幫忙做家事，然後才能跟爸爸一起到憧憬已久的日本來呢」。還說那個時候根本沒想到自己會在日本開始演藝工作。

——「一年前，根本沒想到事情會變成現在這種樣子」。這種心情我十分了解。一年前的我，可以說壓根沒想到會再度跟妹妹說話。

我原本以為自己已經盡量選擇平順的人生道路了，但是人生這種東西呢，不論是好事還是壞事，通常都無法完全順自己的意。可以說是充滿了意外。

稍微錯開視線之後，剛好就看見像是外國觀光客的人群，在遠處邊笑邊眺望著熱鬧非凡的會場。

所謂的御宅族文化，早已經由網路傳遍全世界了。

這真的讓人感到很了不起。

話說回來，這兩個傢伙還真受歡迎啊。這種騷動，簡直就像真正的梅露露&阿爾法出現在舞台上面一樣。

緊接著——

從我的死角傳來了似曾相識的聲音。

「嗚哈————嗚！小奈奈————！布莉姬————！兩個人都太可愛啦啦啦啦啦！嗚哈ｗｗ嗚ｗｗｗ真像天使ｗｗｗ」

等等，這絕對是桐乃的聲音！嗚哇，我根本忘了還有那個傢伙存在！

那個傢伙怎麼可能會沒注意到有這種活動呢！

什麼真像天使嘛。雖然是我妹妹還是讓人感到噁心。

說起來桐乃啊，妳難道忘了讓妳在那邊喘氣萌到不行的對象是自己認識的朋友了嗎！

我馬上轉頭確認了一下。

站在那裡的果然就是藉著帽子和太陽眼鏡來變裝的妹妹——而且還不只她一個人而已……

「啊……」

讓我把發生的事情簡單說明一下。

這時候和我眼神相對的人正是黑貓。而她也已經注意到是我了（變裝根本一點用都沒有！），只見站在桐乃身邊的她整個眼睛瞪得老大。

「……為……為什麼那個傢伙會在這裡……」

雖然桐乃和黑貓都在站票席的最前方，但我也沒辦法到那邊旁邊去跟她們說話。

不過可以知道黑貓應該是和桐乃一起來參加這場活動。

接著又聽見桐乃說：

「可惡——早知道應該買指定席才對——！真想在舞台前面觀看降臨到三次元世界的梅露露與阿爾法……！說起來為什麼妳約我來參加活動還不會先訂好票呢！」

「哼，這種活動站著看就夠了。如果不是我告訴妳的話，情報能力薄弱的妳根本就不知道有這場活動的存在。是不是應該跪下來好好膜拜我一下呢？而且如果妳真在觀眾席看的話，不就會讓那個像梅露露的女孩發現妳到這裡來了嗎？」

「是沒錯啦！不過妳說情報能力薄弱是什麼意思……我人一直在國外而且又那麼忙，有什麼辦法嘛。但這次是真的很謝謝妳啦。」

「哼，真的嗎？看不出來有任何感謝的模樣唷？」
「真的真的，都說很謝謝妳了。我不是像這樣陪妳出來約會當成謝禮了嗎？」
「什……這算什麼謝禮啊……」
「？妳很高興不是嗎？」
「…………………隨便妳說。下次我要邀沙織和妳哥哥也一起出來。我已經受夠和妳單獨出門了。」
「哼，我才要考慮一下呢。不過妳什麼時候也對梅露露這麼熟悉了？是吃錯藥了嗎？」
「那不重要吧。」
「哈哈～看來妳是為了排解我不在時的寂寞而看著我借給妳的ＤＶＤ吧～？就那樣蹲坐著，然後強顏歡笑地觀賞對吧～？」
「妳很吵耶，別說的好像自己親眼看見了一樣。竟然有人可以這麼自以為是。我之所以會看完全部的梅露露，完全是為了好好地批評它，沒有別的意思。」
「沒有別的意思（笑）。真敢說耶ｗｗｗ」
哈哈。
好久沒看見這兩個人鬥嘴的景象了。這兩個傢伙果然是天生一對啊。桐乃離開了幾個月，這當中換成我和黑貓在一起——讓我更加深了這種感覺。

「舊愛還是最美」用在她們身上好像又有點奇怪哦。

不過呢，這真是太好了。

我因為自己的私欲而強行將桐乃帶回日本也算是值得了。

台上兩個人的演出終於順利結束——

「星塵☆小魔女梅露露第三季播映前粉絲感謝祭」也在獲得盛大迴響之下閉幕。

加奈子和布莉姬的脫口秀在活動中似乎是最受歡迎的節目。這對簽下兩人的事務所來說，應該也是一場相當成功的活動吧。

而對我來說呢，則是可以順利完成綾瀨所交代下來的工作了。

這實在是太棒了。這下子總該解除我的拒接來電了吧。我臉上忍不住露出了微笑。

接下來——

當我走進休息室裡時，加奈子已經脫掉一半衣服整個人躺在沙發上了。

「喂，妳——妳那種樣子成何體統啊！」

「啊，經紀人，你聽我說嘛。那個死小鬼真的往加奈子的肚子刺下去～～」

仔細一看，只見加奈子眼眶含淚地壓著肚子，整個人縮成一團。

「不……不要緊吧？妳說被布莉姬刺中了……什……什麼時候啊？」

「表演當中～就是和克拉拉一起唱歌之前，不是有什麼重現經典畫面的小短劇嗎～？」

「啊，嗯嗯……」

就是穿著梅露露與阿爾法的服裝，重現第一季、第二季經典畫面的活動嗎——

剛才在舞台上確實是有這麼一幕。

「……妳還要站起來嗎，梅露露……妳為什麼要硬撐到這種地步呢？妳的魔砲在我的劍面前根本一點用都沒有。妳已經沒有獲勝的機會了。」

「……因為阿爾妳是我最重要的朋友！」

「！」

「我跟妳約好了！要和阿爾妳一起去遊樂園玩……所以……我一定不能輸！」

「有意思……！」

——兩個人所演的內容大概就是像這樣的「梅露露VS阿爾法」。

這感人的經典畫面內容是梅露露首次輸給敵人，並且誓言一定要救回變成敵人的朋友（黑貓以前曾經說過無法理解而把它批評得一文不值就是了）。

「總之就是布莉姬那個時候因為太過認真，就用力往妳肚子上戳了下去嗎？」

「沒錯！我現在叫她去請醫生過來了～之後我一定要讓那個小鬼好看！」

唉——所以才會沒見到布莉姬的人影嗎。不過她原本看起來就很緊張了，可能是一個不小心就太用力了吧。她絕對不會因為討厭加奈子的言行就藉故在表演時用道具劍戳她的肚子。我們家的妹妹就有可能會這麼做，但那個金髮女孩應該不會這麼惡劣才對。

「來，肚子讓我看一下……」

看了一下疼痛的地方後，發現她的腹部因為強烈撞擊而又紅又腫。

雖然不是什麼嚴重的傷，但看來似乎相當疼。

「看來是沒什麼大礙，不過妳的肚子還真是軟綿綿耶……」

「什麼！」

加奈子似乎遭受很大的打擊。看來她是沒辦法接受我這種說法。

哎呀，其實也不是肥胖啦……雖然這麼說很失禮，但真要舉一個合適例子的話……我會說像是嬰幼兒的肚子那樣軟綿綿的。

「你——你這傢伙，竟然敢對一個淑女說什麼軟綿綿……痛痛痛……」

「喂喂，妳不要緊吧……」

看來是肚子已經痛到沒空發我脾氣了。這傢伙也跟桐乃一樣，只看她們露出弱點的時候就會覺得她們其實也相當可愛。

「話說回來，妳這傢伙在這種狀態之下竟然還能撐到表演結束啊！」

「那還用說嗎——我心裡雖然唸著『死小鬼給我記住，等一下看我殺了妳』，但表面上還是對噁心阿宅們做出友善的動作——」

雖然性格和說話口氣相當惡劣，但這種敬業觀念卻是值得稱讚。才剛覺得好像在什麼地方見過類似的場面，後來才想起我們家的老妹也老是把這種話掛在嘴邊。

原來如此，這就是所謂的物以類聚嗎？

加奈子眼眶含淚地看著牆上時鐘。

「那個死小鬼也太慢了吧～只不過是到醫務室去一下而已，究竟要花多久的時間啊，慢吞吞的——」

「那我過去看一下吧。」

「不用了——我現在超想小便的，我記得這裡的廁所是在醫務室旁邊吧？嗚～～～～……快點帶加奈子到那裡去。」

「……哦……哦。妳很急是吧？」

雖然說是緊急情況，但女孩子還是不要說小便比較好吧？妳這傢伙真的很低級耶。

事情就是這樣，於是我用手扶著加奈子（因為忍著小便走路變成內八並且不停發抖），一路朝著臨時醫務室前進——

在途中的走廊上，加奈子忽然發出「啊」一聲。

她舉起支撐身體的噴射杖，用它指向前方。

往前一看，可以發現布莉姬和一個外國男人正站在那裡。那是個相當肥胖的巨漢。身上穿著牛仔褲與印著阿爾法圖案的角色T恤。由於衣服尺寸不合，讓上面的圖案整個被撐了開來。

男人臉上一邊露出猥褻的笑容，一邊直對著布莉姬說話。

由於兩個人都以相當快的速度說著英文，所以根本聽不出會話的內容。

乍看之下，就是這個典型的外國胖御宅族一直死纏著布莉姬不放。而且兩人周圍還有五、六個類似這種感覺的外國胖阿宅，每個人也都邊笑邊用英文起鬨著。

他們簡直就像不讓布莉姬逃跑般把她包圍在正中央。

說起來除了相關人員之外，其他人應該沒辦法進到這個地方才對啊……為什麼會有外人在這裡呢？

「那……那些傢伙……」

我可以發現到身邊的加奈子感到相當緊張。

而這時又有衝擊性的畫面映入我們眼簾。

跟布莉姬說話的胖子忽然用力抱緊她。布莉姬雖然很厭惡地想把他推開，但男人卻強行把臉靠近她——接著臉頰開始摩蹭了起來。

「喂……！」

我雖然已經趕緊要衝過去了，但卻有人比我快了一步。

「你這傢伙在幹什麼啊————！」

那個人正是加奈子。她忽然用力甩開我攙扶著她行走的手，然後便聽見她用力咬緊牙關的聲音，接著看見她整個人散發著怒氣往前衝去。

「小——小奈奈？」

布莉姬忽然轉過身來。而加奈子則是一邊拖著噴射杖一邊往前跑——

最後用盡全身力道猛力一揮，男人的側臉便被噴射杖用力揍了下去。雖然那只是道具，但也可以算是有攻擊性的武器了。看來這次揮擊帶有強大的威力，那名男子忍不住發出了悲鳴向後退去。

「Oh！」

「快離開布莉姬啦，胖子！你這傢伙～背著加奈子想對我們家的藝人做什麼！」

「妳那……手杖，太危險了！」

我雖然邊跑過去邊發出警告聲，但加奈子卻像要用眼神把我殺掉般狠狠瞪著我說：

「吵死了！你這樣還算是男人嗎！快點去叫人過來啊，廢物！」

糟糕，她完全抓狂了……！看見劍拔弩張的加奈子後，其他外國人也不禁變了臉色，然後

一直縮小包圍網。他們似乎是想要制止加奈子而慢慢朝她逼近，但加奈子則是不斷揮舞著手中的噴射杖來抵抗他們。

「──Ｓｈｉｔ！」

由於實在是太危險了，所以外國人們也不敢隨便靠近。加奈子把男人從布莉姬身邊拉開，接著便搶站在能擋住布莉姬的位置上，開始對周圍的眾人施加壓力。

「小……小奈奈……為……為什麼要……？」

面對一登場就開始暴怒的加奈子，布莉姬感到相當困惑。

加奈子看了她一眼之後，用充滿憤怒的語調吐出這麼一句話：

「嘖，妳是笨蛋嗎？被這種垃圾纏上了的話，就要趕快大喊『救命！』才對啊！如果加奈子沒有經過的話看妳要怎麼辦！」

「…………」

這傢伙……

仔細一看──加奈子的腳正在發抖，眼眶也含著眼淚。

這傢伙雖然是個笨蛋，但面對這種魁梧的壯漢還是會感到害怕啊。

依這種性格和反應來看，或許她曾經遭遇過類似的情況而有了很不好的回憶也說不定。但即使如此，她那充滿威脅性的口氣還是非常堅定。

「喂，胖豬。這次就饒過你，快點給我滾開！」

加奈子抬頭看著巨漢，帥氣地擺出手裡的噴射杖。

簡直就像面對巨大敵人的魔法少女一樣。

「不然的話～我就用隕石衝擊把你燒成焦炭唷，小心點！」

其實她根本不用開口，光憑著動作就可以感受到她的決心與魄力了。

雖然兩者之間的體格有著天壤之別，但我還是感覺到巨漢稍微有點被逼退。

不過就在這個時候……

「小奈奈！妳搞錯了啦！那個人——」

布莉姬急忙開口說道：

「是我爸爸啦！」

「什……什麼？」

加奈子瞬間轉頭看向布莉姬，然後用呆呆的表情回問道：

「爸爸？」

「對……對啊……爸爸。」

「爸……爸爸，妳說爸爸……妳——妳這傢伙這種年紀就在援……」

碰磅。

「好痛！」

「妳想對小女孩說些什麼啊！」

雖然時機已經有點遲了，但我還是及時吐槽打斷她要說的話。聽見布莉姬所說的「爸爸」之後，我才終於想起一件事情來。由於這次擔任經紀人的工作，所以稍微有聽見一些消息。

雖然到現在還是難以置信，但——

「這個巨大外國人是布莉姬的親生父親啦！」

「騙人！根本一點都不像嘛！這種大肥豬噁心阿宅的基因怎麼可能會生出布莉姬這種小孩？」

「雖然我也是這麼認為，但事實已經擺在眼前！」

由於對方聽不懂日文，我們兩個才能在這裡大放厥詞。

沒錯——

乍看之下是噁心阿宅露出猥褻笑容在對布莉姬性騷擾的犯罪景象，其實只是超級疼愛小孩的父親在鼓勵順利結束舞台表演的女兒而已。事後又聽布莉姬說那些在周圍的外國人們全部都是她的親戚，到日本來觀光的他們也順便到會場來幫布莉姬加油打氣。原來如此，仔細一看才發現他們每個人臉上都露著善良的笑容。

「什……什麼～～～～～～～～～～～～……」

所以我剛才不是告訴過妳了嗎？

加奈子鼓起勇氣來保護布莉姬並對伊凡斯先生挑釁的行為，說起來根本是個天大的錯誤。

伊凡斯先生一邊撫摸被狠狠揍下去的臉頰一邊站了起來，這時他似乎已經了解整件事是怎麼回事了，所以他臉上一點都沒有生氣的模樣，甚至用有點抱歉的語氣說：

「ＨａＨａ……sorry，梅露露。」

揍了伊凡斯先生的加奈子反而要伊凡斯先生來道歉，這讓她覺得非常不好意思。

「哼——！別做這種容易讓人誤會的事好嗎！」

加奈子說完之後，馬上就自己一個人快步朝著廁所走了過去。

而布莉姬則是從後面追了上去。她跑到加奈子背後——

接著像是要撒嬌般用力抱住這個比自己矮的大姊姊。

「謝謝妳，小奈奈♪」

「哇，別纏著我不放啦，臭小鬼！我話先說在前面，剛才加奈子會發抖不是因為害怕妳爸爸！我是因為一直忍著小便才會那樣！」

「剛才的小奈奈就像真的梅露露一樣，實在太帥了♡」

「少……少噁心了——妳有沒有在聽人說話啊？我說啊，比我高的妳不要一直靠在我身上啦！」

我立刻用手機上的照相機把這個景象拍了下來。
因為這張珍貴的相片，可以當成送給妹妹的最佳禮物。

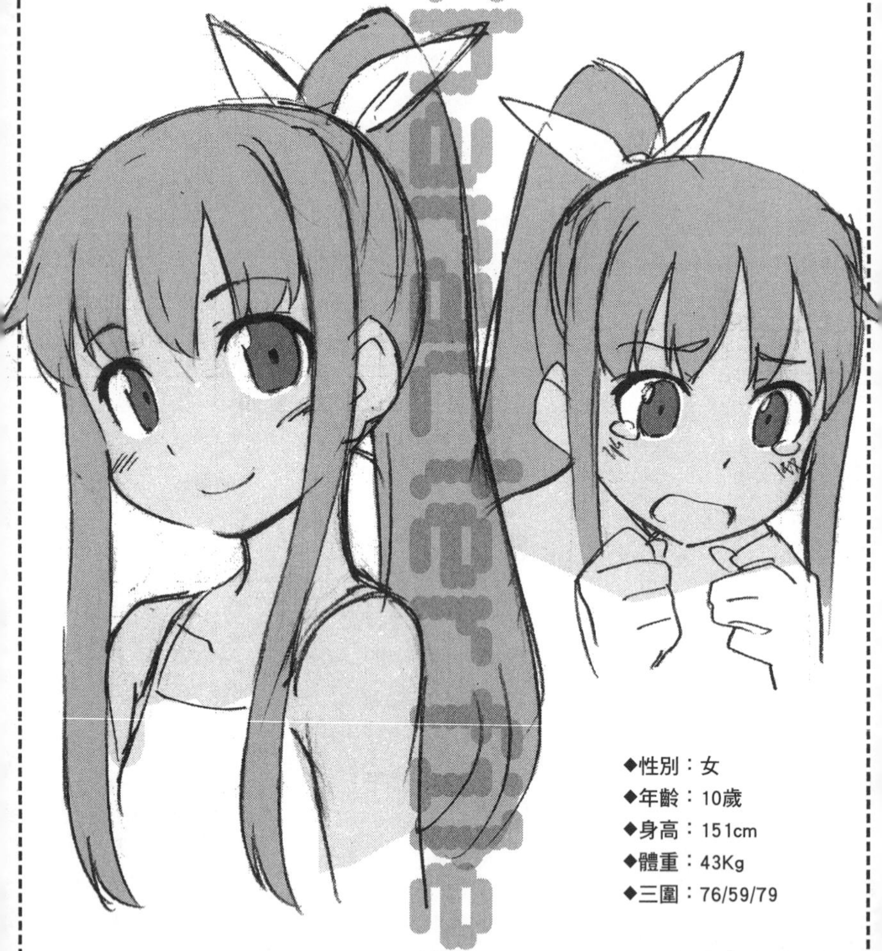

◆性別：女
◆年齡：10歲
◆身高：151cm
◆體重：43Kg
◆三圍：76/59/79

布莉姬・伊凡斯

◆為了參加梅露露cosplay大賽而遠從英國來到日本的女孩。之後因為各種因緣而進入與綾瀨相同的事務所。性格有禮又認真，有點不太敢拒絕別人。時常被同事加奈子強迫當她的跑腿。

第二撩

「喂喂，是大哥嗎？嗯嗯，我有看到簡訊了！看來加奈子是真的有在戒菸。其實我也從事務所的人員那裡打聽到許多情報了。聽說活動獲得很大的迴響，而且布莉姬也忽然變得很喜歡加奈子……嗯，行動可以算是非常成功。拜託大哥幫忙真是太好了。」

「我什麼忙都沒幫到啦——嗯，不過妳能這麼想我還是很高興。」

「啊哈，不用那麼客氣了。我是真的很感謝你。辛苦你了，大哥。」

「沒有啦，不用這麼誇我。我會害羞耶……倒……倒是，我已經完成妳交代的工作了……那個……」

「嗯，我知道了。我會解除你的拒接來電。」

「太好了！」

「不過請你不要時常打過來唷！因為會造成我的困擾。」

「…………」

「哇！發生什麼事了？為什麼會有『喀嚓』這種巨大的聲音……」

「抱歉，因為打擊太大不小心把手機掉下去了。」

「你……你這麼說我不知道該怎麼反應才好……！說……說起來，大哥你最近是不是太在意我的事情了？或者這只是我自己想太多？」

「嗯，我本來就很喜歡妳了。」

「不……不要油腔滑調了好嗎？明明過了半年都沒發現被我設為拒接來電……」

「話不是這麼說，正因為這樣，所以接下來才要好好增進我們之間的感情啊！」

「你根本是隨口亂說的吧？真是的……你再開我玩笑的話，我真的要生氣囉！唉……想報答大哥的心情越來越薄弱了……」

「咦？除了解除拒接來電之外，還有另外的謝禮嗎？」

「你自己不是說過，要我『負起責任』嗎？」

「我確實是說過……但我想那只是在開玩笑而已。」

「你……你看吧——我就說你都是在開玩笑。就是這樣才會讓人沒辦法信任！大騙子！」

「別……別那麼生氣嘛！那……那麼——？妳準備怎麼報答我呢？」

「這是祕密——不過，我想你一定會喜歡的唷！因為是我精心準備的『驚喜大禮』。」

「嘿，那可真是太好了。我現在已經開始期待起來了。」

——昨天晚上我和綾瀨之間有了這樣的對話。

現在的時間是早上。我走在往學校的路上。來到熟悉的丁字路口時，已經在那裡等我的麻奈實注意到我的存在而抬起頭來。

「啊，小京。」

這個戴著眼鏡的樸素女孩名叫田村麻奈實，是我最要好的青梅竹馬。

「唷，早啊。」

「早～」

那是句語尾拖得很長，讓人感到相當溫柔的一聲早安。光是聽見就足以讓人昏昏欲睡了。

我「呼啊」一聲打了個呵欠之後，沒仔細看麻奈實的臉就隨便說了聲：

「那走吧。」

「嗯……那……那個啊……小京？」

「啥？」

用惺忪睡眼轉頭一看，發現麻奈實正用充滿期待的眼神看著我。

「怎……怎麼樣？」

「什麼怎麼樣？」

「就……就是……那……那個……」

麻奈實忽然滿臉通紅地低下頭去。用力搖了搖頭之後，像是下了什麼決心般又抬起頭來。

接著很緊張地說道：

「不覺得今天的我……和平常有些不同嗎？」

「沒有哇。」

「真的沒有？」

「喂喂，別忽然發出那麼大的聲音嘛。害我嚇了一大跳。」

我瞪大了眼睛整個人向後仰，而麻奈實的臉則是變得更加紅了。

雖然不知道原因，但她看起來正在生氣。

「嗚……嗚～……你……你再看仔細一點嘛！」

「就算妳這麼說也……」

根本就和平常沒什麼兩樣嘛。我集中精神把熟識的青梅竹馬全身上下看了一遍。

這傢伙最近胸部變大了嘛。才告訴自己別胡思亂想時，忽然就注意到了一件事情。

「啊，麻奈實妳的頭髮……」

「咦？怎麼？頭髮怎麼樣了？」

她臉上的表情整個開朗了起來，看來這就是正確答案了。唉～～真是個麻煩的傢伙。

我很親切地這麼告訴她：

「妳的頭髮看起來就像剛睡醒一樣唷！」

「才不是剛睡醒咧！小……小京你這個笨蛋！」

時間流轉，到了今天的休息時間時。

麻奈實對著從自己位置上眺望著窗外的我說：

「……小京，你怎麼了～？」

「啊？什麼事？」

「因為你今天老是一副很沉重的表情……所以覺得很在意……」

早上的怒氣（不知為何）現在已經完全不見了。麻奈實是因為擔心我，所以才會過來想給我幫助吧。這傢伙對我真的很好，簡直就像溺愛孫子的老奶奶一樣。

所以我也才能像個從小被奶奶帶大的孫子一樣，放心把所有心事說給她聽。

「其實有幾件事讓我很煩惱。」

我老實地把心裡所想的事情說出口。這時候如果隨便找藉口搪塞過去的話，這傢伙反而會更加擔心。其實今天如果立場對調過來的話，我也會跟她一樣。

「妳可以聽我訴苦一下嗎？」

「當然。」

麻奈實臉上出現了非常溫柔的笑容。我感到自己也跟著笑了起來。

「其實是關於我妹妹的事情啦。」

接著我便對這傢伙說出了自己的一個煩惱。

麻奈實一臉認真地邊點頭邊聽我娓娓道來。

「嗯……就是『明明已經從美國強行把她給帶回來了，桐乃的態度卻跟以前沒有兩樣，這讓你覺得無法釋懷』──是這個樣子嗎？」

「簡單來說就是這樣。」

「嗯──……好像不是很好懂呢。這個嘛……」

唔，聽不懂我的意思嗎？更簡單一點來說……就是呢……

跟妹妹之間明明應該已經豎旗了，但不知道為什麼接下去的事件就是不開始──大概就是類似這種感覺吧。哎呀，當然我也不想看見我和桐乃之間發生的事件──應該說光是想像就覺得噁心了！

但都已經發生過那件事情。我也有了不論好壞，總是會有所改變的覺悟。雖然我這邊一直非常在意並且關心桐乃，但她卻完全沒有改變──讓我覺得非常掃興。好不容易才做出覺悟的我，看來是白費心思了……

「心裡總覺得有個疙瘩在。雖然也不是什麼問題就是了……」

「就是說你明明期待跟桐乃的感情可以變得更好，結果卻落空了嗎？」

「才……才不是哩！」

「真的不是嗎？最近這一年——小京你不是一直跟我說了許多關於桐乃的事情嗎？聽你說完之後……我總是覺得你們之間感情真的很不錯呢。」

「那只是我在抱怨而已啦。」

「但是桐乃到美國留學時你覺得很寂寞對吧？」

「我確實……覺得非常寂寞。妳有意見嗎！就算她很討人厭，但忽然有一個家人消失了還是會感到寂寞的嘛！」

「為……為什麼要生氣呢？」

「吵……吵死了——」

我啪啪地拍著麻奈實的頭，而麻奈實則是喊著「好痛……好痛」並且按著頭部。

「不過呢，我和那傢伙的關係確實在這一年裡面變得稍微好一點了。」

我嘴裡吐出這麼一句話。

「但這種關係可能也全部都毀於一旦了。我不顧那傢伙的意思就強行把她給帶回來，所以被她怨恨也是沒辦法的事。」

雖然桐乃絕對不會跟我抱怨就是了。

但就算是這樣，我扯她後腿讓她因此遭受挫折的事實還是不會有任何改變。那傢伙心裡一定會對我有所埋怨。其實我打從一開始就知道會有這種結果，但還是決定把妹妹帶回日本。

現在才在這裡說三道四根本就沒有意義。但是——但是呢……丟臉的我就是會想要說句「但是」嘛。像這樣持續煩惱著，還讓青梅竹馬替我擔心。

「我認為我和那傢伙的關係會因此而惡化。」

我跟妹妹之間豎起來的絕對不是戀愛的旗子。

妹妹路線絕對不存在，也不會有跟妹妹的結局出現。

「她要是跟一年前一樣無視我的存在，也算是我自作自受了。我也已經有所覺悟。但是那傢伙卻用去留學之前的態度來對待我，這總讓我覺得無法釋懷。」

兩人之間的關係不可能沒有變化，但乍看之下卻又跟過去沒有兩樣。

其實，這是一種很恐怖的感覺唷！

「就算桐乃有任何怨恨小京你的意思在——你們的關係也不會毀於一旦。小京你所做的覺悟只是你自己想太多了而已。」

「妳又懂些什麼！」

我這個人還真是過分，自己找人家商量卻又說出這種話。

但是麻奈實就跟以前一樣用她的微笑，將我那凝固的煩惱給逐漸融化。

「因為我最了解小京溫柔的一面啊。」

「……妳這傢伙竟然可以面不改色地說出這種話……」

其實我哪算得了什麼，妳這傢伙要比我溫柔多了呢。

在煩惱的時刻聽到這種話，真的會忍不住感動而覺得很害羞。

「你還敢說我呢！發現妹妹陷於困境，就急忙跑到國外去找她的哥哥是誰啊？」

「嗚……」

我究竟要因為這件事被取笑多久，一輩子嗎？難道是一輩子嗎？

「而且我之前在和綾瀨講電話時，剛好就聽到她說『桐乃啊，這一年裡面老是在跟我說關於大哥的事情——』。」

「綾瀨她真的這麼說了嗎？」

「嗯，不過是邊發脾氣邊說就是了。」

……綾瀨和麻奈實。又是這種組合嗎？這兩個人真的變成好朋友了嗎？

不過如果情報是來自於綾瀨的話，那桐乃時常提到我這件事應該就是真的了。

哼，這樣啊。不過那又如何，根本也不代表什麼。

麻奈實豎起一根手指，用一臉了然於胸的表情說：

「還有，假設我是桐乃的話——大概也可以了解……她用以前的態度來對待你的理由。」

「是什麼理由？」

「一定是因為不好意思。」

「什……什麼？」

我發出困惑的聲音後，麻奈實馬上就發出嗤笑聲來取笑我。

「如果我去留學——然後每天覺得很辛苦，又因為事事不順心而陷入低潮。結果就在這時候，小京費盡心思來把我帶回去的話——我一定會很高興的。但又會因為實在太害羞了……而拚命在小京面前裝出一副什麼事都沒有的樣子。」

「我說……那是妳才會這樣吧？」

為什麼我要在這裡聽妳說這麼令人感到害臊的事情？

麻奈實聽見我的話之後，微笑著回答「呵呵，沒這回事唷」，接著又說：

「所以呢，小京，你不用擔心也沒關係。你和桐乃的關係，今後一定會越來越好的，我可以跟你保證。」

「哼…………我才不想和妹妹感情變好呢。」

我急忙把頭轉到旁邊去，接著低聲囁嚅道：

「不過，還是要謝謝妳。」

「耶嘿嘿……不客氣。」

麻奈實害羞地摸著自己的頭，她的頭髮還是像剛睡醒一樣。幹嘛不把它整理好啊？

「話說回來，小京其他的煩惱是什麼？你剛才說有好幾個，也就是說有其他煩惱對吧？」

「是有啦，但不能跟妳商量。」

「連我也不能說嗎？」

「就因為是妳才不能說啊。」

「這樣啊，那就沒辦法了。如果有什麼是我可以幫忙的，盡量告訴我唷！」

「嗯嗯。」

「你這傢伙真令人羨慕。」

當麻奈實回到自己位置上之後，靠過來的赤城一開口便這麼說。

他是有著一頭略為泛紅的栗色短髮，而且體格相當不錯的帥哥。

這個傢伙名叫赤城浩平，也是我的同班同學。順帶一提，他喜歡同性戀的妹妹目前是我們學校一年級的學生，但他本身應該不是個同性戀。大概。

「還好啦。」

「我的朋友裡面，這時候會回答『還好啦』的也只有你了。」

「有事嗎？」

「嗯。高坂，你下次放假有空嗎？」

「這個嘛，目前是還沒有什麼計畫。可能就在家裡看書吧。」

「這樣啊，那我想請你陪我到一個地方去一下。」

「唔……」

說起來我最近老是和御宅族朋友以及妹妹在一起，跟這個傢伙一起鬼混的時間縮短了不少。而且前一陣子才剛去了梅露露的活動——偶爾和一般男生到不是秋葉原相關的地方去玩也是不錯。

「了解。那你想要我跟你去哪裡？」

「秋葉原。」

「…………」

看來我這輩子是沒辦法從御宅族業界的詛咒裡脫身了。

於是就這樣，在星期天上午十一點時我來到了秋葉原的某個成人遊戲商店前面。

「哎呀不好意思哦，高坂！要你陪我到這種地方來！」

「就是說啊。為什麼我得和你一起來秋葉原呢！」

「唉唷～別這麼說嘛。」

手上抱著商店袋子的赤城高興地說道。由於這傢伙肌肉相當發達，所以很適合穿短袖T恤。順帶一提，袋子裡面裝的是他幫妹妹買的新作同性戀遊戲。

就算是在秋葉原好了，這傢伙能夠這樣光明正大地購買同性戀遊戲，說真的實在讓我感到十分尊敬。我快步離開成人遊戲商店，對著身旁的赤城這麼說道：

「但是竟然還會有ＢＬ遊戲的賣場耶。雖然一輩子都不想知道就是了。」

「原本應該池袋才算是聖地。那邊的話，有各式各樣的ＢＬ遊戲和商品唷！」

這個朋友還會把你完全不想知道的知識告訴你耶。我瞇著眼睛看向赤城然後說：

「這樣我的任務就算結束了吧？」

「沒有，這只是順便而已。其實這是妹妹交代我的事情，我原本是打算自己一個人來買的。我是想請你陪我到另一個地方去。」

「這樣啊——」

所以才不是在池袋而是到秋葉原來買同性戀遊戲嗎？

赤城在前面帶著路，我們一起朝著電器街入口的方向前進。

「那接下來我們究竟是要去哪裡？」

「問得好！」

赤城發出「呼」一聲之後，臉上露出多餘的爽朗笑容。

「高坂，我們兩個現在升上了高三——也正式滿十八歲了。這樣講你應該就知道了吧……？」

「完全不知道。給我說清楚一點啦，笨蛋！」

說完後我便白了他一眼。結果赤城更加激動地說：

「拜託你有默契一點好嗎！總之就是我們現在終於渡過十八歲這個大關了。現在不用再像以前那樣偷偷摸摸，可以直接光明正大進入色情商店了——我們今天遠征的主要目的就是這個啊！」

「你就是想要我和你到那種地方去嗎！那你自己一個人去就可以了吧！」

「自己一個人的話提不起勇氣走進去啊！」

「哈，你還敢說提不起勇氣這種話。明明自己一個人都可以幫妹妹去成人遊戲商店買同性戀遊戲了！」

「這個跟那個是兩回事！拜託你高坂，和我一起去吧！」

「別一直靠過來啦，很噁心耶！」

我迅速地向後退去。

呼……呼……冷……冷靜下來一想，桐乃也曾經拜託過我類似的事情。但是……同樣的台詞經由一個壯碩的男人說出來，為什麼就讓人覺得如此噁心呢？

「說起來我搞不懂為什麼兩個人你就有勇氣進去的道理。丟臉的事就是丟臉啊。」

「你錯了，有同伴就是不一樣。真的啦，拜託你嘛。你也想進去看一下吧？」

「……你是想去……什麼樣的色情商店啊？」

赤城一邊很酷地收下女僕發的傳單，一邊回答了我的問題：

「唔姆。我這次想找你一起去的是在秋葉原才有的情趣用品商店。不瞞你說，我對那個未滿十八歲禁止進入的情色空間可以說是充滿了興趣。」

「你還真敢說耶……」

「對男高中生來說很普通吧？你應該也有興趣吧？」

確實……不能說沒有。至今為止和妹妹她們來過好幾次秋葉原，也去買過好幾次十八禁遊戲了，但因為有未滿十八歲這個限制在，而且又和國中女生在一起……所以根本沒有機會仔細觀察整個賣場內部。

說的也是……嗯……這也算是很好的社會經驗……

稍微去看一下應該沒關係吧……

「喂——大色狼。你臉上露出淫笑囉！」

「哼，那是你想太多了。」

我這個人就是這樣，一旦決定之後就會變得相當積極。

唔姆唔姆。雖然地點依然是秋葉原，但偶爾和男生一起出來也是不錯。

跟女孩子一起出門的話，根本就沒辦法講這些下流的話題。

稍微不小心講錯話，馬上就會遭受「性騷擾」或者是「變態！噁心！」這種言語攻擊。

我明明是如此單純又樸實的少年，為什麼要這樣誤會我呢？

老實跟你們說好了。對我來說，跟赤城還有班上的男生鬼混，比跟桐乃和黑貓她們在一起時輕鬆多了。我想跟我差不多歲數的男生應該都是這樣吧？

於是我這時候的心情也比平時要來得高昂。

我以愉快的聲音這麼說道：

「好吧，那我們要去哪？赤城，你既然約我去這種商店，應該有事先調查好地點了吧？」

「嗯，大致上查過了。不過我也是第一次去，所以你還是別抱太大的期望。」

「知道了。」

「看，我們到了。」

這麼快。怎麼離電器街入口這麼近啊？

赤城翹起下巴所指的地方，是一間有著「情趣用品百貨・愛露姿」這種奇怪名字的商店。

可能是商店的形象色吧，整個店家都統一為白與黃綠兩種顏色。

乍看之下給人類似便利商店那樣的清潔感。不太有情趣用品店散發出來的那種異樣感覺，也沒有「這間店不是我應該來的地方」的負面壓力。店頭還裝飾著女僕的等身大ＰＯＰ以及動畫的cosplay服裝等物品。

櫥窗裡則展示著製作相當精美（？）的塑膠模特兒。

「這個『love doll』是塑膠模特兒的商品名稱嗎？難道說這是拿來販賣的商品？」

看來似乎是這樣。這讓我感到相當奇怪，世界上還真是有各種不可思議的商品哪。

買這種東西要做什麼呢？雖然心裡這麼想，但是櫥窗裡的love doll全部穿著相當漂亮的服飾，看起來就跟商店街的女性服飾店沒什麼兩樣。可以說給人有種時髦的感覺。

繞到商店側面後，可以看到樓層簡介。上面顯示著1F是DVD・書籍、2F是男性用品，接著還詳細標示出該層樓的商品細項。

「男性用品嗎……？換個說法聽起來就不會給人壞印象了。赤城，你有什麼想買的東西嗎？」

「嗯嗯，在五樓。」

「你在五樓要買什麼？」

「當然是要送給瀨菜的禮物囉。」

……送妹妹的禮物。

這個哥哥究竟想在這間店裡買什麼東西呢？你到底知不知道啊？這裡是讓你產生猶豫而不敢進入的情趣用品店耶？

而且五樓……上面寫著女性用品賣場耶？

女……女性用品？咦？什麼？那不就是說……

「赤……赤城……你這傢伙打算送■■■給妹妹當禮物嗎？」

「怎麼可能嘛？那樣一定會被斷絕兄妹關係的！」

「說……說的也是。呼……嚇死我了。」

「你到底以為我有多低級啊。世界上哪有會送■■■給妹妹當禮物的哥哥。我想送給瀨菜的，是非常健康的物品唷。」

「這樣啊——那……你準備在女性用品賣場買什麼送你妹妹？」

「SM道具。皮革緊身衣什麼的……」

「那有什麼差別？哪裡健康了！話說回來……我也有妹妹，現在以作為哥哥的身分來給你忠告……你這樣真的很噁心耶！」

實在是讓人退避三舍。為了這對兄妹好，我一定要把真心話說出來才行。

說起來你剛剛也才為了妹妹去買同性戀遊戲而已。

到底想送妳妹妹多少東西啊？

赤城雖然受到我的全力吐槽，但他還是面不改色地說道：

「哎呀，感覺瀨菜似乎很想要嘛。她也沒有拜託我買啦，只不過送她的話她一定會很高興才對。」

「喂喂喂喂！你就算這時候發出『耶嘿嘿』的害羞笑聲，我也絕不會覺得你真是個好哥哥！你說你妹妹看起來很想要，那她到底想拿ＳＭ道具來做什麼啊？難道是想鞭打你這個哥哥嗎？」

如果是這樣的話，我這次一定要認真考慮該不該和你們赤城兄妹繼續當朋友了。

「說是要拿來當成遊戲的作畫資料。有實物參照應該會比較好畫吧？」

「嘿……這個嘛……」

沒那回事。

「那我們是直接搭電梯到五樓嗎？」

「不會吧？高坂，就當成是擷取社會經驗，整棟大樓都逛一遍不是很好嗎？總之還是先進去吧。」

「赤城先生您興致可真高啊。」

很容易可以感受到你身上傳過來的亢奮感。看來你是期待很久了吧？

會不會送妹妹禮物什麼的，根本只是你想進去裡面的藉口吧？

聖誕夜和桐乃一起到澀谷時，她也給我這種感覺。

由於赤城已經踩著輕快步伐進到店裡面去了，我雖不情願（真的啦）也只能跟在同學的身後走了進去。赤城像是要把我拋下來般，拚命往裡面走去。

「這傢伙在搞什麼啊……」

我一臉無奈地嘆了口氣，接著環顧了一下店內。

店裡面比外表看起來還要狹窄，大概就像車站裡的便利商店那樣。

一進門的左手邊就是電梯，中央有結帳櫃檯，右手邊則是往上的樓梯。櫃檯還有販賣「福袋」。裡面似乎塞了各式各樣的情趣用品。

１Ｆ是ＤＶＤ・書籍賣場——也就是色情書刊＆色情ＤＶＤ賣場。其實跟ＤＶＤ出租店裡的十八禁區域沒什麼兩樣。你們問我為什麼知道嗎？不要問好嗎——

在這層樓裡的顧客就只有我們兩個人。

「喂，赤城。這層樓沒有什麼特別的——」

「說的也是。那我們到地下室去吧。」

說完之後，他馬上又打頭陣往地下室走去。我只得又無奈地跟在他後面前進。

就這樣我們來到了Ｂ１，但其實賣的東西和１Ｆ沒什麼太大的不同——

只不過有一點很明顯的差異。

那就是店裡的螢幕上正播放著試看影像，而且音量還相當大。

「啊嗯～♡」、「嗚哼～～～～♡」，大概就是類似這種聲音——

「…………………待不下去了～～～」

就是這種異常感。我在成人遊戲商店等地方常會感覺到這種壓力。

你們能了解嗎～～～還是說完全沒辦法理解呢～～～？

有去過的人一定能了解我在說些什麼吧？即使是現在已經成為情色大師的人，一開始也是從初學者開始累積經驗。我想這種「來到不該來的地方」的感覺，應該是每個像我這種情趣用品初學者所必經的歷程。

我用手帕擦著汗水，對著同行者這麼說道：

「我說赤城啊……已……已經夠了吧。我們該上去囉？」

蹲在賣場架子前到處亂翻的赤城，很興奮地轉過頭來對我說：

「高坂！這家店的商品真的很齊全耶！」

「你怎麼這麼快就混熟了！」

你真的是第一次來嗎！

「怎麼？赤城……難道你在這個樓層也打算買東西嗎？」

「沒有啦……我還在考慮。其實我正為了買摩托車而存錢當中，我的理想是買一台七十萬左右的車，所以現在不太想亂花錢……呼──……可惡啊～」

他端正的容貌染上了痛苦的顏色，眼前出現了一個正在懊惱的帥哥。

還說什麼「可惡～」，果然買給妹妹的禮物只是你的藉口而已嗎？

兩手各拿著一片ＤＶＤ，躬著背蹲在地上的赤城忽然抬頭看著我說：

「我說高坂哪，我們一人出一半如何？」

「我才不買哩。」

「嗚，那……那如果是這個有點像田村同學的女優怎麼樣？」

「我幹掉你哦～～～～！」

我用盡全力把他的衣領拉了起來。真是的！這傢伙太惡劣了！真以為我會受到這種不純的誘惑而購買ＤＶＤ嗎！別開玩笑了！

嘖，於是我對赤城這麼說道：

「…………我出兩千塊可以嗎？」

才剛進到店裡沒多久我就已經感到疲倦了。某種意義上來說，精神上的疲勞可以說比夏Comi時還要嚴重。

雖然一樣到處都是色情，但這裡面的景象可以說讓我根本不敢去形容啊。

爬上樓梯後——我們來到男性用品，也就是給男性使用的情趣用品賣場，但真的什麼都沒辦法描寫，讓我實在感到非常困擾。

……唔……對了。我看還是先寫一些無關痛癢的地方吧。

1F、B1雖然已經很狹窄了，但2F給人更狹小的感覺。

這都是因為——整個樓層人滿為患的緣故。裡面幾乎已經到了摩肩擦踵的地步了，所以想往裡面走的話得花上一番功夫才能到達。整個樓層就是這麼擁擠。

不過……這也表示這個樓層裡面有許多人氣商品存在。

所謂的男性用品，應該就是這間商店最主要的商品吧。

我剛才把1F形容為「狹窄的便利超商」，而2F其實也是這種感覺，只不過陳列在架子上的全部都是色情商品！全部都是色情啊！上百種以上的情趣用品並排在一起的景象可以說是十分壯觀。實在是太猛了。想不到竟然有那麼多種類。

呼。形容到這裡應該可以了吧。

這時候忽然有個笨蛋用很興奮的聲音叫著我：

「喂，高坂！你看這個！是電動的自慰棒耶！」

我的一番苦心都白費了……我為了不引發各種問題所做的努力，現在全部都付諸流水……可惡。好孩子的各位讀者們，就算聽不懂這笨蛋說的是什麼東西也不要去網路上搜尋唷！

這是我與大家之間重要的約定。

「不過這還真貴耶，一個要價一萬七千元唷？雖然我很有興趣，但還是買不下手。」

我實在沒有辦法問出「如果便宜一點你就買了嗎？」。

話說回來我已經快受不了了。得趕快讓他把東西買一買，然後盡速離開這間商店。

兩個大男人在一起的話，對話將會朝著越來越下流的方向發展。

真想告訴幾十分鐘前的自己會有這種狀況發生。什麼叫跟男生混在一起也不賴？

根本是糟透了！

現在重新想想，桐乃、沙織以及黑貓……

她們這幾個女孩子怎麼說就是比較有水準。和她們幾個人在一起的時候，絕對不會有這種充斥低級話題的時刻出現。

不過赤城的妹妹例外就是了。

沒錯，普通男孩子的變態程度根本跟她沒得比……

「喂，高坂……你的眼神為什麼凝視著遠方？」

「沒有啊？不過話說回來……這種東西的種類還真多耶。」

我從架子上拿起「筒狀的男性用品」，接下去說道：

「這東西乍看之下根本不知道可以拿來做色色的事情吧？」

「啊啊，那就是傳聞中的ＴＥＮＧＡ吧。我也不是很清楚，但聽說這家廠商為了消除情趣用品給人的猥瑣印象，除了很講究設計感之外，甚至還起用像我這種清爽型男來擔任海報模特兒呢。而這蛋形的東西就是他們推出的產品。」

「不用跟我解釋得這麼詳細！你是有從廠商那裡拿到錢嗎？」

你這傢伙根本就很清楚嘛！

你在我心目中的形象目前正在崩毀當中唷！

我們大概就像這個樣子，慢慢地逛過每一樓然後朝5F前進。

中途的樓層也沒有什麼特別值得一提的事物，但寫出來會造成許多問題的事物倒是有很多，所以我就省略不提了。不過請容許我再提一件很低級的事情，那就是全宇宙應該只有這裡才找得到裝有「穿過的內褲」這種轉蛋了。

一到達目的地的女性用品賣場後，赤城馬上就找到商品然後拿去結帳了。

「請問您要申請會員卡嗎？」

「啊，麻煩你了。還有這裡有幫人家做禮物包裝嗎？」

你的應對進退真是很熟練耶。完全看不出來是第一次來的客人。

「有的，請交給我們。請問您還有其他問題嗎？」

「嗯——順便問一下，這個點數可以兌換贈品嗎？」

你這傢伙……打算還要來就對了！真的每次都要讓我嚇破膽……

當赤城和店員說話時，無所事事的我便戰戰兢兢地逛著這層樓。店裡面陳列著大量SM時使用的緊身皮衣與道具。

如果讓黑貓或綾瀨穿上去的話，一定很合適。其他也有販賣男性用的緊身皮衣，以及讓人覺得會不會是裝在下半身的天狗面具。

好不容易結完帳的赤城，拿著紙袋走了過來。他指著賣場角落說：

「喂，高坂你看，那邊還有試衣間耶——！」

「————所以呢？」

「沒有啦……哈哈，想說開個玩笑試穿一下看看～」

「你去啊。從那個瞬間起你的綽號就是硬派同性戀赤城了。」

「你最近的吐槽都很嚴厲耶——！」

應該是受到真壁的影響吧。

我和他一樣都喜歡吐槽別人，所以感覺我們正互相給對方影響。

「那現在東西也買完了。趕快回家吧。」

「哎呀等等嘛，高坂。難得都來了，就逛一圈再回去吧。還剩下一層樓而已。」

「你真的很喜歡這地方。我是無所謂啦——」

今天我就捨命陪君子吧。

我看開了之後便嘆了口氣，接著爬起往賣場最上層的６Ｆ樓梯。

老實說好了，這時候的我由於一路上已經見過太多情趣用品，所以心裡便有所鬆懈。

我告訴自己已經不會有什麼更驚人的東西存在了。

但是，在6F樓梯爬到一半時……

「嗚……嗚……！」

忽然有一股電流傳遍我全身。

怎……怎麼可能……！這世上竟然還有這種東西存在……！

我像是中邪般完全無法動彈，只能抬頭看著那樣物品。我想每個首次來到這個地方的人，一定都會跟我有相同的反應，因為映入眼簾的東西就是具有如此的衝擊性。

「哼哼哼……這間店的最終兵器……終於出現了啊，高坂……」

但是赤城卻與瞠目結舌的我形成強烈的對比，只見他嘴角露出輕視的笑容。

「越是瘋狂的東西我越有興趣……我們走吧！到最後一層去……！」

「嗯嗯……！」

受到好友鼓勵之後，我的靈魂也開始振作了起來。

在我們抵達的6F裡面，現今世上「最強最猛的情趣用品」正等待著我們。

那是究極玩偶廠商——RIRIENT工業所開發出來的，最先端科技與情色的結晶——！

——love doll。也就是超級精巧的「等身大美少女人偶」。

「嗚哦哦……！喂喂喂喂喂喂喂喂喂喂喂！快看哪！高坂——！這個人偶看起來就跟真正的裸體大姊姊沒有兩樣！」

「哇呀——！太厲害了！這真的太猛了！驚人驚人實在太驚人了！」

我們兩個發出驚天動地的聲音。接著又整個人緊貼在玻璃櫥窗上。

「喂，高坂！這個就是我們進到店裡之前，放在店頭櫥窗裡的擬真人偶對吧？」

「啊啊！原來那就是這種東西啊！原來如此！」

放在這層樓櫥窗裡的人偶們和店頭那些完全不同，身上穿著極為煽情的服裝。幾乎可以說是全裸。而且就像真人一樣。

近距離之下觀察就能發現，除了大腿內側等地方可以看出些微的接著面線條之外……不論是肌膚的質感，或者是臉部造型以及胸部……看起來就跟真正的美女沒有兩樣。

與塑膠模特兒之間簡直是天壤之別。哎呀，一個不小心就興奮起來了。

我們好不容易才按耐下激昂的情緒，一邊調整呼吸一邊繼續著對話。

「高坂……你知道『詭異谷現象』嗎？」

「你是說當機器人的模樣越來越接近人類時，人類亦會對機器人產生正面的情感。但在超過某個程度之後，卻反而會覺得它們相當恐怖的現象吧？」

「那你覺得……這人偶怎麼樣？看起來不會覺得……很恐怖嗎？」

「剛才因為興奮而喪失了判斷能力，但現在冷靜下來一看……這可以說幾乎快讓人產生那種感覺了吧……？日本的科技能力實在太了不起了。我們好像活在未來世界一樣。」

嗯？

「怎麼了，高坂？」

「沒有啦……這邊這個巨乳眼鏡人偶……仔細一看……」

我筆直地看著赤城的眼睛然後說：

「長得跟你妹妹一模一樣耶？」

「我幹掉你哦～～～～～！」

我的衣領被人用盡全力拉了起來。喂，快不能呼吸了……！糟……糟糕！我竟對一個妹控哥哥講出這種話……！

赤城先是「碰！」一聲把我推開，接著又像惡鬼般對著我怒吼：

「你這傢伙！到……到到到……到底用什麼樣的眼光看人家的妹妹啊！」

「抱歉，是我不對！但……但是真的很像吧？」

「你還敢說！那……那那那……那怎麼可能呢！這種沒有生命的人偶，哪有可能像我可愛的瀨菜————」

……………………

「糟糕，超像的……！」

「我就說吧！真的是一模一樣！」

赤城的臉整個貼在櫥窗上，不斷噴出激昂的鼻息。

「這到底是怎麼回事！RIRIENT工業的傢伙什麼時候把我妹拿來當模特兒了？」

「只是偶然而已吧……先冷靜一下啦！」

我能理解你的心情。

如果有一天在情趣用品店裡發現跟桐乃一樣的人偶，我也沒有能繼續保持冷靜的自信。

「呼……」

喘了一口氣後，我告訴自己也得先冷靜下來。

不過這個叫love doll的東西到底值多少錢啊？

我望著一個坐在床上的蘿莉型人偶。看到標價之後，著實讓我嚇了一大跳。

……要……要幾十萬日幣……

而那個像瀨菜的人偶，不知道是否因為是巨乳，所以竟然要價驚人的七十萬日幣！

嗚哇——……這種價格已經可以買台車了啊……

唉——……這是今天第幾次嘆氣了。竟然還存在這麼了不起的世界，我可真是開了眼界。

「那……那……現在也全部都逛完了。赤城……我們差不多該回去了。」

對著身邊的友人這麼說完後，才發現他正用沉重的表情皺著眉頭，還把手放在下巴上似乎在考慮些什麼。

「…………七……七十萬嗎……」

「快恢復正常啊，赤城～～～～～～～～～～～～——————！」

「……啊！怎……怎麼了？你叫什麼啊，高坂？」

「還問我怎麼了！你……你這傢伙剛才差點到禁忌的世界裡頭去了唷！」

「你……你你你……你在說什麼啊？」

「別跟我裝傻了——你這變態！你剛才明明就很想把買摩托車的錢領出來，然後拿來買這個跟你妹一模一樣的人偶對吧？」

「你……你你……你傻了嗎，高坂！沒那回事！哈哈哈我怎麼可能會做那種事呢！」

赤城產生嚴重的動搖。看他已經這麼狼狽，我也就不再追問下去了。

「沒有就算了。不過我勸你千萬別這麼做唷！你要是真買了的話……哪天被你妹妹發現跟她長得一樣的人偶……你的人生就結束了！」

如果是我們家的話——

——你——你……你你你……你啊……那……那那……那個是——

糟糕竟然浮現桐乃的影像了。真那樣的話我一定會被殺掉，絕對會被殺掉的。

赤城似乎也同樣想到了自己的妹妹，只見他鐵青著臉不停地發抖。

有個可愛的妹妹還真是辛苦啊，你說對吧，赤城？

「…………好，我決定了，高坂。雖然我絲毫沒有想買這東西的念頭，但我決定買一份『展示品目錄』來作為首次進入情趣用品店的紀念！」

他口中的展示品就是跟瀨菜一模一樣的love doll。其實呢，就是這裡有販賣專門的商品型錄，甚至還附有肌膚的樣本呢。成人遊戲裡面出現的女僕機器人，肌膚或許就是用那種素材所製成的吧。

「唉……隨便你啦。」

我還能夠說些什麼呢？

赤城很高興地把love doll目錄放進剛才買的ＢＬ遊戲的袋子裡。

結束情趣用品店參觀之旅的我們，現在來到附近的速食店裡吃飯。

「哎呀～～～～～～～～～～～今天真是充實的一天！你說是吧？高坂！」

「是嗎？」

總之呢，我是知道你這傢伙很樂在其中啦。

不過我可是待得很痛苦唷！

赤城豪邁地咬下一口漢堡後嚼了起來。

「幹嘛這樣啊，高坂，少在那邊裝清純了。你還不是買了ＤＶＤ。」

「嗯？啊，你說那個啊……」

我隨便含混了過去，而裝著ＤＶＤ的袋子正小心翼翼地放在我膝蓋上。

雖然是兩個人一起出錢買下來的東西，但我下定決心要把它佔為己有。

吃完漢堡的赤城，用舌頭舔了一下嘴巴附近的醬汁。

「呵呵。我已經跟小瀨瀨約好在這裡碰面，等一下我們要一起去看電影，然後我連驚喜的小禮物都準備好了——」

我實在沒辦法理解叫自己妹妹「小瀨瀨」的心態。如果我開始叫妹妹「小桐桐」的話，我自己也會覺得很肉麻，而桐乃一定也會罵我「噁心！」。

而且這根本不像剛才還在情趣用品店裡的傢伙會說的話。

「好啦，我知道你們兄妹感情很好了。」

跟某對兄妹完全不同。

這傢伙有個擁有奇怪嗜好的妹妹——而他總是為了妹妹到處奔波。

這點倒是跟我們家很像。

但赤城在幫妹妹做事，處理她不合理要求的時候看起來卻是相當高興。

不論是今天還是之前深夜販賣的時候——他看起來都樂在其中。

這是我絕對學不來的。為什麼能做到這種地步呢？

「我說赤城啊……」

「嗯？」

「對你來說，妹妹是什麼樣的存在？」

「天使。」

竟然馬上就回答了，而且還一臉滿足的表情。

「這樣啊，天使嗎？」

「你不是嗎？」

「至少她對我來說不是天使。如果問我那她是什麼樣的存在，我也不知道該怎麼回答。一年前的話我一定馬上就能回答，現在就不清楚了。」

我用輕鬆的口氣這麼說道。
對我來說妹妹究竟是什麼——其實我自己也不知道。
「哦～是這樣啊。對了，你和妹妹正在吵架是嗎？」
「也不是在吵架……喂，你聽見我和麻奈實的對話了嗎？」
「因為聽見你在說關於妹妹的話題，我就偷偷聽了一下。」
赤城嘿嘿地笑了起來。看起來十分高興的模樣。
我現在終於清楚了。本來覺得這傢伙的態度好像似曾相識——結果原來是跟桐乃很像啊。
只要提到關於妹妹的話題，就會情緒高昂並且變得相當多話。
雖然有二次元和三次元的差別，但是赤城和桐乃都得了「萌妹」這種不治之症。
赤城把剩下來的果汁一口氣吸光，接著便自顧自地開口說道：
「其實啊，妹妹這種生物呢，是有一天忽然就被生下來了對吧？也不是我跟人家拜託說想要一個妹妹，她才會被生下來。小孩子和大人不一樣，沒辦法選擇自己的家人。」
「嗯嗯。」
我點了點頭。赤城似乎回想起什麼事情的樣子，只見他苦笑了一下之後才又繼續說：
「媽媽的肚子在不知不覺間就變大，然後有一天人家就告訴我『浩平就要當哥哥囉』。當時我還只是個小鬼，就算這樣跟我說我也搞不懂是怎麼回事。只是有著『啥？你們在說什麼

啊？倒是媽媽妳也變得太胖了一點吧』這種不必要的擔心。你那時候是怎麼樣？」

「我也跟你差不多。不久之後老媽就入院——而難得臉色大變的老爸則是把我帶到醫院去。」

嗯嗯。

我還記得很清楚。

桐乃出生當天的事情——我絕不會忘記。

我明明那麼討厭她的。

說起來也真是不可思議。

當天從早上開始就吹起強風，而在傾盆大雨停止時，烏雲也全部被風給吹跑了。在醫院前面抬頭看著天空時，炫目的朝陽讓我的眼睛根本睜不開。停車場上空出現一道小小的彩虹，花壇裡面不知名花朵的葉子上，水滴正發出閃閃光芒。

我明明連三天前吃過什麼菜色都想不起來。

但那天的光景卻像昨天才剛發生一樣，一閉上眼睛便浮現在眼前。

當然首次見到那傢伙的瞬間現在也依然記憶猶新。

桐乃當時被放在保育器裡，那長得跟猴子一樣的臉正陷入沉睡當中。

她是那麼地嬌小——在旁邊看著的我甚至感到有些恐懼。

「我從妹妹剛出生就認識她了。雖然我並不想要有個妹妹，但還是感到很高興。」

赤城像是回想起當時的事情般嘿嘿地笑了起來。

「那傢伙回到家裡來之後，時常不是亂哭就是要喝奶，再不然就是要哄她睡覺或者要換尿布，總之就是得花很多時間照顧就對了。我可是幫她換個尿布都得弄個老半天呢。然後外表就跟猴子一樣，根本一點都不可愛。但當時自己雖然還是個小鬼，每次妹妹在哭的時候還是會拚命搖著玩具哄她呢。」

「看來每個家庭都是差不多。」

「我想也是。你跟你妹是差三歲吧，那也跟我們家差不了多少嘛。」

這時赤城臉上出現害羞的表情。他搔著臉頰，視線開始游移不定。

「其實幫妹妹的忙沒有什麼喜歡還是討厭的，也用不著搬出什麼家族愛這種冠冕堂皇的名詞來。說起來這就只是習慣而已。只要是有年齡相近的妹妹，當哥哥的就會有這種習慣。」

「習慣？」

「嗯嗯。」

赤城他——

慢慢把剛才在成人遊戲商店裡買的ＢＬ遊戲放到桌上。

「應該吧。即使到了現在，只要妹妹一哭，我就還是會拿著玩具拚命想逗她開心。」

「你說的玩具，就是這個嗎？」

「性質很相近了不是嗎？只要把這個遞過去，她就不會再哭鬧了。」

「這比喻實在太糟糕了。」

但確實是相當傳神，我忍不住抱著肚子大笑了起來，因為我已經完全理解了。

我想事情就正如他所說的一樣。只要妹妹一哭，讓她停止哭泣便是哥哥的工作。而不斷反覆這種工作之後，自然而然便有了這種習慣。

現在想改也已經改不過來了。

對我來說，桐乃她雖然不是天使——

但卻是從剛出生就一直受到我照顧的妹妹。

或許我們之間的關係這樣就夠了吧。

對我來說，不論過了幾十年還是多久的時間——那傢伙也還是那個在我懷抱裡面哭泣的小小生物。在她真正要離開我之前，我都得任由她無理取鬧並且好好保護她才行。

就算是討厭那個傢伙，也沒辦法輕易就抹消這種感覺。

我好不容易才止住狂笑，用袖子擦了擦眼淚然後說：

「對了，赤城。我忘了告訴你——」

「啥？」

「你的天使就在你身後。」

「什麼？」

赤城聽見之後臉色大變趕忙轉過頭去。

而赤城的妹妹——瀨菜正笑盈盈地站在那裡。

「讓你久等了，哥哥。」

「瀨……瀨瀨……瀨菜！妳什麼時候來的！」

赤城差點就從椅子上跌下來，瀨菜則是紅著臉頰說：

「從『對你來說，妹妹是什麼樣的存在？』、『天使』的時候就來了。」

「**嗚哇**————————————！」

赤城因為太過於害羞而抱著頭狂叫，接著整個人趴到桌面上。

「哦～原來對哥哥來說，我就像是天使一樣啊？」

瀨菜邊笑邊揶揄著赤城。跟在社團裡比起來，這種說話口氣真的很像個小孩子。嘿～這傢伙都是這樣跟哥哥講話的嗎？

這的確很可愛，我稍微可以了解赤城的心情了。

「……高坂……你知道瀨菜來了就說一聲嘛！」

「哈哈哈……」

今天換成你是我，一定也什麼都不會說對吧？所以我才會這麼做。

「你好啊，高坂學長。」

「嗨。」

我舉起手向她打了個招呼。瀨菜交互看了我們兩個人一眼後，忽然紅著臉說：

「……你們……今天是出來約會嗎？」

「喂喂！那邊的腐女，別把兩個男生出來玩稱做是約會好嗎！」

「啊哈，你們感情真好！」

有沒有在聽人說話啊，臭女人。

「喂！赤城。你也稍微說說你妹妹好嗎！」

「吵死了！我現在真的很認真在考慮到底要不要去自殺……！」

「話說回來，學長……你們兩個人一起到哪去啦？」

「嗯？我們一起到對面的情趣用品店買了眼鏡娘的色情ＤＶＤ。」

「低級……」

瀨菜眼鏡深處那雙伶俐的眼睛瞇了起來。

「是妳自己要問我的耶。倒是拜託哥哥買同性戀遊戲的人有資格這樣說我嗎？」

「啊！你沒說我都忘了！」

瀨菜完全沒有反省的意思，反而眼睛發出光輝並且將手伸向桌上成人遊戲商店的袋子。

「這可是現在話題中的新作呢——我等它發售等了好久囉——」

妳這傢伙在我面前已經完全不掩飾自己的興趣了嗎？不過也沒必要隱藏了就是。

但妳自己之前不是說過嗎？只在有價值觀無法共享的情況出現時才會表現出自我。不過如果是因為信任我才毫不掩飾自己的興趣，那我倒是很高興。

瀨菜小心翼翼地把ＢＬ遊戲的袋子抱在胸前，臉上露出幸福的微笑。

「耶嘿嘿……謝謝你。哥哥。」

「沒……沒什麼啦。不用跟我客氣。」

赤城羞得連耳根子都紅了起來。讓人難以相信他是剛才還嚷著要去自殺的人。

「啊，對了對了。我還有一個禮物要送給妳，算是個小驚喜。」

「真的嗎，好高興哦～是什麼東西……難道是我喜歡的泰迪熊嗎？」

「嘿嘿嘿，這東西有點重，所以等回去再交給妳。」

她才跟你道個謝而已，瞧你都快飛上天了。

……你這哥哥還真是沒用啊。

「不過我也沒立場說別人。」

我以複雜的心情低聲說道，然後苦笑了一下之後便站起身來。

「那我先走了。」

「這樣啊。那就明天學校見囉，高坂學長。」

「明天學校見，高坂。」

「嗯嗯。你們兩兄妹接下不是要去看電影嗎？感情真好——」

跟這對感情深厚的兄妹道別之後，我便朝向出口走去。

但當我走到一半時——

「哥……哥哥！袋——袋子裡面還有一份奇怪的型錄耶！」

「啊！」

「這……這是什麼……等身大美少女人偶『巨乳眼鏡娘由理佳百式』？什麼是love doll啊？

你打算買這種東西嗎！你說的禮物難道就是這個？」

至於我這個同班同學到底能不能履行剛才「明天學校見」的諾言……

我想那也只有神仙才知道了。

第三章

那一天，我們原本包下了秋葉原的一間小咖啡廳，準備舉行「桐乃歸國紀念派對」。我、桐乃、黑貓以及沙織隔了許久之後才又能再度齊聚一堂。

沙織．巴吉納。是個戴著圓滾滾眼鏡、身穿御宅族服飾，身材非常高䠷的女高中生。

她除了是我和桐乃共同的朋友之外，也是ＳＮＳ社群「宅女集合！」的管理者。由於她在秋葉原許多地方都有認識的人，所以這次活動的店家選擇等等工作也全都交給她來處理。但是到了派對當天早上，我的手機忽然接到沙織打來的電話。

她表示由於忽然有急事，所以沒辦法來參加派對了。

「真的非常抱歉，京介氏——這邊的事情實在沒辦法取消。可以的話，你們就自己舉行派對吧。」

「啊，這樣啊。那就乾脆改期吧。這麼一來，今天就跟往常一樣來我們家玩就好了。」

妳沒來的話，舉行派對就根本沒意義了吧？桐乃和黑貓的想法一定也跟我一樣。

「是這樣嗎……那麼在下事情結束之後就馬上趕過去。可能會遲到很久就是了。」

「哎呀～～不用勉強啦。是很要緊的事對吧？」

「不行！在下一定會趕過去！」

「嗚哦！」

這傢伙是怎麼了，發出那麼大的聲音。當然她要過來也沒關係。

「這樣啊？那我們就等妳過來。」

「好的，麻煩你跟小桐桐氏以及黑貓氏說聲抱歉。我會帶禮物過去的，敬請拭目以待！那就先這樣！」

「喂……喂……掛斷了。」

本來想告訴她不用帶禮物來了。說起來那個傢伙幹嘛每次都對我們這麼客氣。當然我很感謝那傢伙的貼心，也受到她很多的幫助。但該怎麼說呢……還是希望她可以不要這麼拘謹。

因為大家都是朋友嘛。

於是派對就這樣中止，活動變成所有人在高坂家聚會。這是自之前那次「動畫鑑賞會」之後，我、桐乃、黑貓三個人首次一起聚集在我們家裡。

「所以囉——妳現在趕快到我們家來。趁這個機會，讓妳好好看看我的收藏品。本來之前妳到我們家來觀賞梅露露時就要讓妳看了，但都是因為看了妳那本胡搞的同人誌後就開始吵架，結果就沒能拿出來。」

桐乃正打電話給黑貓。如果我沒記錯的話，那時候桐乃和黑貓之所以會大吵一架，其實應該是兩個人都有錯才對。

一個小時之後，黑貓來到我們家。

「午安……」

「哦，妳來啦。」

我跟往常一樣到玄關去迎接她。

今天黑貓的服裝不是這幾個月來已經看慣的制服，而是跟以前一樣穿著哥德蘿莉裝。

似乎又回到桐乃去留學之前的時光，讓我有種很懷念的感覺。

只不過……「制服模樣的黑貓」感覺上好像象徵著撇開桐乃之後，只屬於我們兩個人的關係。所以現在她又回到哥德蘿莉的模樣，說實在我多少會感到有些落寞。

從黑貓最近對我一如往常的態度來判斷，之前或許只是我自己的自我感覺良好罷了。

「來，進來吧。」

「打擾了………」

黑貓仔細把鞋子擺好後便進到我們家來。目前為止都是在製作遊戲時已經很熟悉的景象。

我帶著黑貓往妹妹的房間走去。

爬上樓梯後，桐乃已經雙手環抱胸前在等著我們了。

「嘖，妳也太慢了吧。」

雖然她靠在牆壁上做出一副很高傲的模樣，但這傢伙其實是因為朋友要來玩而高興到受不了了。仔細一看就能發現她的臉頰馬上就要露出笑容。

「來……快進來吧。」

桐乃用下巴指了指自己的房間，然後催促起黑貓來。

「嗯嗯，我正準備這麼做。」

黑貓淡淡地說完之後便從我和桐乃的旁邊經過——

「咦？」

但她不是到桐乃的房間，而是像往常一樣進到我房間裡去了。

「等……等等……！」

桐乃的眼睛忽然露出了兇光。接著急忙從牆壁上撐起身體，迅速轉頭看著我說：

「你這傢伙！這到底是怎麼回事？」

就算妳瞪我也沒用啊。遭受妹妹強烈眼神攻擊的我，只能一邊搔著臉頰一邊跟在黑貓後面追了上去。接著桐乃也進到我房間裡。

「喂——黑貓？」

「什麼事？」

黑貓從房間裡轉過頭來，然後用力眨著她的大眼睛。

我邊感受「從背後發出的殺氣」已經越來越強大，邊對她說：

「啊——……那個……今……今天是要在桐乃的房間裡面玩吧？」

「啥？『今天』？那是什麼意思……？」

從背後傳來的呢喃，讓我內心感到相當恐懼。

而且這時候黑貓還臉帶微笑地開始火上加油了起來。

「哎呀？是這樣嗎？因為最近都是到這個房間來，所以一個不小心就搞錯了。」

啪嘰！桐乃對這句話的反應就是「朝哥哥的屁股狠狠踢下去」。

「喂，很痛耶！」

「吵死了！」

把擋住入口的我踹開之後，桐乃便發出巨大聲響進到我房間來。

接著抓住我的衣領，把我壓在牆壁上。

「……………」

她沉默了一下子後——用嚴厲的聲音對我說：

「你給我解釋清楚究竟是怎麼回事？妹妹不在的時候，你就把她朋友帶到自己房間裡來玩？如果是這樣我可饒不了你。」

——這……這傢伙完全想歪了……

這種殺伐的氣氛是怎麼回事？簡直就像我利用哥哥的立場來染指妹妹的朋友一樣！我明明沒做過這種事！

——妳倒是解釋一下啊，黑貓！

我只能用含著淚水的眼睛不斷對黑貓打著暗號。但是黑貓在看到我的醜態與桐乃發怒的模樣後，臉上竟然出現了很高興的笑容。

她用手指玩弄著自己的黑髮，對著我拋了個曖昧的媚眼。

「……我該如何是好呢……呵……你說是吧，『小京』？要怎麼對『小桐桐』說明我們兩個人的『關係』才好？」

「不要說得好像我們有不可告人的關係一樣！」

什麼「小桐桐」啦「小京」的，跟我說話時明明那麼冷淡，為什麼在桐乃面前就表現得好像我們兩個人正在交往一樣？

「…………什麼『小京』嘛，噁心死了……」

桐乃的太陽穴上開始有青筋浮現。看來黑貓的言行讓她非常不高興——不過，這種狀態我怎麼有種似曾相識的感覺呢？

對了，我的青梅竹馬來家裡時，好像也是這種感覺。

「哎呀，『小桐桐』發脾氣了。該怎麼辦才好呢，小京？」

「……黑貓，我現在才發現……妳難道是在模仿麻奈實嗎……？」

「呵，怎麼樣？很像嗎？」

「一點都不像！」

那傢伙怎麼可能發出這種充滿惡意的聲音。

妳這種語調根本就不是麻奈實，而是在妳漫畫裡出現的貝爾費格吧？

「真是，妳心眼很壞耶！」

「……謝謝你的誇獎，我好高興哦！『小京』。」

「姆，嗚……」

可惡，我又不是在誇獎妳……別露出那種嫵媚的笑容。妳看害我臉都紅了……

黑貓臉上的笑容更加擴大，接著又逼問我說：

「怎麼了？為什麼臉紅呢？」

「……嗚……」

女人真是無法理解的生物。光看這種態度的話，一定會產生「哦耶！這傢伙一定對我有意思！」的錯覺……

但你要是因此而志得意滿地靠近她，她又會冷冷地痛罵你一頓。

到底我該怎麼做才好呢……誰來告訴我一下……

桐乃冰冷的視線投射到正在懊惱的我身上。只聽見一聲尖銳又簡短的發言說：

「快點說明。」

「沒有啦，桐乃……不是妳想的那樣……」

我用快哭出來的表情開始對妹妹展開說明。

聽見「桐乃不在的時候，黑貓和沙織時常到我房間來玩」這整件事的經過後，桐乃終於暫時可以接受「我和黑貓之間不可告人的關係」只是她的誤會。但是……

「……你這傢伙……真的趁我不在時帶兩個女高中生到房間裡面玩？太低級了！」

現在則又因為別的要素而產生怒氣了。

桐乃這次握緊拳頭，聲音與肩膀全都因為憤怒而抖動著。

「別講得人家好像做了什麼壞事一樣！黑貓和沙織都是因為擔心妳不在時我會很寂寞！」

「姆……」

「所以才會常到我們家來玩。結果妳現在還因此而發脾氣，這也太說不過去了吧。不是嗎？」

「或許是……那樣沒錯……」

看……看來是成功安撫她了，但就在下一個瞬間……

「但是！這我雖然能夠理解！」

「這次又怎麼了？」

「那個！那又是怎麼回事？」

桐乃嚴厲地用手指著我的床鋪。

不知道什麼時候……

「……呵……你們兩兄妹還沒吵完嗎？呼啊啊……我有點想睡了。」

黑貓已經整個人趴在床上還看著漫畫。

她甚至開始有點昏昏欲睡，表現出一副完全放鬆的模樣。

「什麼叫——『我有點想睡了』！」

桐乃對趴在床上的朋友背部使出了跳躍式膝擊。

那是記足以讓趴著的黑貓發出「嗚哇……」悲鳴的全力攻擊。竟然對一個全身放鬆的人做出這種恐怖的行為……

黑貓也忍不住跳了起來，用帶著淚光的眼睛狠狠瞪著桐乃。

「妳……妳做什麼……妳這小人……給我讓開……」

「妳才是快點給我爬起來！」

黑貓&桐乃在我床上開始了一場大戰。

「妳……妳這個人，怎麼可以一臉若無其事的樣子躺在別人床上！」

「這又不是妳的床，妳幹嘛那麼生氣？」

「什……那……那是因為……」

「哼，那是因為？」

「少……少囉唆！本姑娘既然已經回國，那大家在我房間玩就可以了吧！但妳卻故意做出這種事來讓我生氣！」

兩個人就像野貓在吵架一樣。啊——啊——衣服都弄亂了。這下子完全沒有形象了。

不過原來是為了這種事生氣啊。

「本姑娘既然已經回國，那大家在我房間玩就可以了吧！」

對桐乃來說——一回國就發現自己的朋友竟然和哥哥感情變得這麼好。就是這種被排除在外的感覺讓她很不高興吧。

黑貓應該也知道這一點。只見她跪在床上和桐乃用手掌互相推擠，臉上還出現了邪惡的微笑。

「……哼哼哼……蠢貨。妳這渺小的人類真以為在零距離戰鬥之下可以贏過我嗎？」

「嘴裡說是零距離戰鬥，竟……竟然還用腳搔我的腋下？太卑鄙了……！呀——夠了！快給我住手……！」

另一方面桐乃的眼睛則是變成＞＜狀，整個人更是氣到面紅耳赤。

為了打破這種互相推擠的狀態，兩個人開始使用「踢腿」、「用腳掌搔癢」等腳上的技巧，而裙子也因此而不斷掀起，害我不知道該把眼光朝向哪裡。

但就算是這樣，我還是沒有打算阻止她們兩個人吵架。兩個人嘴裡雖然互相叫罵著——但這應該是屬於她們的溝通方式吧。

就算生氣、就算彼此怒罵，裡面也還混雜著無法掩飾的關愛。

所謂「打是情罵是愛」，講的可能就是這兩個人的狀況吧。

……雖然我的床舖因此而變得相當凌亂就是了。

桐乃和黑貓兩個人的打情罵俏結束之後，我們便按照計畫朝桐乃的房間前進。

因為桐乃要向黑貓展示自己放在隱藏式收納空間裡的收藏品。

讓我印象深刻的是，桐乃這傢伙馬上就對黑貓展示了第二階段的收藏品（與讓我看的東西一樣）。

這就代表著她有多信任黑貓了。

「嗚……怎麼可能……想不到妳竟然是如此多『暗黑物質』的擁有者……」

大家可能不懂為什麼她會這麼說，但其實黑貓現在正因為看見「Scatolo＊Sisters」的遊戲盒而嚇得退避三舍當中。

「我……我不是說了！是因為被我最喜歡的插畫家所畫的插圖吸引，才會買下來——」

另一方面桐乃則是開始了也曾經對我說過的藉口。

「……………」

當兩個人在吵嘴時，我在旁邊看著祕藏的禁忌紙箱。

結果我忽然想起了桐乃消失之後，我曾經後悔地說著「早知道應該看仔細點」這種話。

當時——因為以為裡面盡是裝著像Scatolo等級的東西，所以怕得不敢再看下去。但過了這麼長一段時間已經有心理準備，而且黑貓也在場……現在的話，應該就可以繼續看下去吧。

「我說桐乃啊，那本相簿裡面裝了什麼東西？」

「咦？」

妹妹用非常驚訝的表情看著我的臉。

「沒有啦，就是……那本相簿啊。妳之前不是準備拿給我看嗎？結果後來我說下次再看就好。」

而妹妹則這麼回答我——

「絕對不給你看了。」

「這樣啊……」

人生其實就像只有一個儲存檔案的十八禁遊戲一樣。

一旦按下選項之後，就沒辦法回頭重新來過了。

我們因為談論桐乃的收藏品而熱鬧了好一陣子——這麼說或許有些語病也說不定。應該說桐乃有點害羞地把收藏品拿給黑貓看——而黑貓則是每看一樣東西都一定要批評一番。

「……我……我目前在同性朋友家裡面，看著她向我炫耀百合的十八禁遊戲，我該怎麼解釋這種情形才好呢？我是不是應該馬上把妳打倒，然後從貞操的危機當中脫身而出呢……？」

「妳……妳別會錯意了，我才沒有那種興趣！只是偶爾會希望有人叫我『大姊姊』而已！」

「這些女性角色嘴裡叫的很明顯不是『大姊姊』而是『姊姊大人』吧？」

「我都說那是我不小心搞錯了嘛——」

「……如果真是那樣就好。但封面這個站在中間的黑髮女主角，外表還是讓我感到一絲不安……」

黑貓做出來的反應大概都是像這樣感到相當驚恐。

我能了解妳的心情。假如赤城在他房間裡拿同性戀遊戲給我看的話，我一定會狠狠揍他一頓。

在這之後我們就到樓下客廳去，桐乃、我和黑貓三個人一起觀賞著動畫。

這是延續之前進行到一半就結束的「動畫鑑賞會」。

最後是已經到了傍晚沙織才姍姍來遲。

「哎呀～各位好友，抱歉我來遲了。」

當全部人都到玄關去迎接她時，這個身材高大的圓眼鏡女正用手指搔著她泛紅的臉頰。黑貓則有些受不了的說：

「妳不是有事嗎？那也是沒辦法的事。」

「哈哈，謝謝妳的體諒。妳能這麼說我心裡就好過些了。對了對了，這是我帶來當成禮物的梅露露餅乾。大家一起吃吧。」

沙織說完後便推出一個小紙袋。

「謝……謝謝……哇～竟然還有這種東西啊……」

桐乃把餅乾接了過來。但是我們家的妹妹在收到梅露露商品之後，竟然也只有高興了一下子而已，只見她的表情馬上又沉了下來。

「對了……妳家裡不是住得很遠嗎？」

「嗯，是啊。」

「對吧？那如果有事的話，就不用還特別趕過來。現在這種時間已經不能幹嘛了吧？而且黑貓也差不多要回去了。啊……當然妳明知道只剩下一點時間還趕過來，我是很高興啦……」

「快別這麼說了，小桐桐氏……在下……」

沙織這時候稍微停頓了一下。然後才又直視著桐乃繼續說道：

「在下今天無論如何都想跟小桐桐氏見面。」

「為……為什麼？」

看見對方認真的模樣後，桐乃感到有些膽怯。

結果沙織以哀傷的聲音說：

「妳還問為什麼……已經三個月沒見了不是嗎？其實我早就想見妳了。但是在下最近實在是太忙……此外小桐桐氏和黑貓氏除了假日之外也都有自己的事情，而京介氏更是要準備學測！如果錯過今天，下次就不知道什麼時候才又有聚集在一起的機會了。」

沙織表示所以她才會無論如何都要趕過來見桐乃一面。

話說回來，自從桐乃回國之後，確實一直到現在才有機會跟沙織見面。雖然說是因為彼此的時間沒辦法配合，但也實在隔了一段很長的時間。

「我沒去機場接妳……做出如此薄情的事情，我真的覺得很抱歉。」

「沒……沒那回事啦。妳千萬別在意，而且——妳也太奇怪了吧？該道歉的人應該是我才對！」

桐乃錯開視線後繼續開口說道，她聲音裡雖然帶著怒氣，但卻講出相當貼心的話來。

「……抱歉！沒……沒跟你們說一聲就跑去留學了！」

唉～真是個彆扭的傢伙。剛才說的「你們」，應該也包含我在內吧？

沙織臉上再度出現了笑容。看來她是欣然接受了桐乃的道歉。

但她說話的聲音卻還是相當虛弱，不像往常那樣充滿了活力。

另一方面黑貓則用一看就知道是故意的露骨態度，擺出平常的模樣說：

「哼，妳這無情的不良少女以為道歉就沒事了嗎？也難怪沙織會抱怨。說起來，妳一定是因為根本不在意我們，才會做出這種事對吧？」

「啥？才沒那種事呢！」

桐乃輕易就中了對方的挑釁。這傢伙真的完全沒有學習能力。

「……哼……沒那種事？真的是這樣嗎？」

「當然是真的！妳幹嘛懷疑啊？」

「哎呀是這樣嗎？那妳就是喜歡我囉？」

「喜……妳……妳在說什麼啊……！」

「哦～那就是討厭囉，真是傷人……沙織？學長？這女人好像沒把我們當朋友唷？你們不覺得很悲哀嗎？」

這傢伙個性真的太糟糕了。別這樣戲弄我妹妹好嗎？她很單純的。

不過看起來還滿有趣的，我就配合一下好了。我和沙織互相使了個眼色後一起點點頭。

「……我這妹妹還真是無情，身為她的哥哥真的覺得對兩位很不好意思，妳們兩個明明因為她不在而感到那麼地寂寞……」

「小桐桐氏……沒辦法和在下等人見面，難道都不會感到寂寞嗎？」

「連你們兩個都來湊一腳！你們再繼續下去，我就要抓狂囉！」

「哼哼哼……真有意思……」

黑貓這傢伙果然還是在戲弄桐乃的時候看起來最高興。除了臉頰泛紅之外，眼睛甚至還閃爍著光芒。這兩個人還真是天造地設的一對啊。

「啊哈哈……哈哈——哎呀～兩位還是一點都沒變。」

沙織終於不只是微笑而是發出開朗的笑聲了。

「這樣我終於可以安心了……」

隔天放學之後。

「麻奈實——我們回家吧——」

「啊！抱歉，小京。我今天另外還有點事……」

「咦？怎麼又有事……妳是怎麼了？最近怎麼好像很忙啊？」

「……還不都是小京你害的。」

「？」

我又怎麼害妳了？

由於被麻奈實拒絕，於是我只好自己一個人回家。換好鞋子後我便朝著校門口走去。

雖然偶爾會忘記，但怎麼說我也是個考生。還是得在家裡看一下書才行。

當我一個人孤單地垂著肩膀走路時，忽然有人從後面叫住我。

「那個…………」

「嗯？啊……黑貓……」

聽見聲音後回頭一看，發現原來是黑貓站在那裡。

「我看你自己一個人回家……所以才叫住你。」

「這樣啊。那我們一起走到半路吧。」

「嗯嗯……」

黑貓點了點頭。像這種很普通的動作，看起來卻特別可愛。

有沒有人可以了解我目前的精神狀態呢？

嗚嗚……糟了。跟平常一樣，隨口就邀她一起走回家了……

現在只有我和黑貓兩個人！怎麼辦！我開始緊張起來了！

「……………………」

這個黑貓也真是的，自己先叫住我結果現在卻一言不發……但現在正是我詢問之前那個吻的大好時機啊……

「那個……」

「……什……什麼事？」

「……沒什麼事……」

「這樣啊……」

抱歉，我還是辦不到。實在問不出口……因為如果是我自己想太多，那不就太丟臉了嗎？我們兩個人就這樣沉默地走在回家路上。這時我忽然想起另一件掛心的事情，於是便開口發問。

「我說……黑貓啊，我問個關於沙織的問題哦……」

反正我本來就想問了，而且如果是這個話題的話我就問得出口。

「咦？」

「就是昨天她看起來好像沒什麼精神對吧？我是想能不能幫她加加油打打氣……」

「啊啊……是這件事啊……」

「什麼叫是這件事啊……妳態度怎麼那麼冷淡呢，她是我們的朋友吧？」

「……哼……沒有啦，只是關於這件事呢，我昨天晚上已經和你妹妹討論很久了。」

「和桐乃？」

「嗯嗯，她似乎相當擔心沙織的樣子。就像現在的你一樣。」

「她也很擔心嗎……」

「兩兄妹還真像。」

「吵死了。……那結果妳們的結論是？」

「我現在就告訴你。不過……我看你一定也是同樣的想法。」

「這樣啊。」

桐乃、黑貓和我都是相同的想法嗎？

嗯，不過這也是理所當然的事。

因為這可是關於我們朋友的問題啊——

接下來的假日。我們離開平常的活動範圍，遠征到另一個縣裡面。

從高架橋的陰影下跨出一步後，強烈的陽光馬上刺痛了我的眼睛。日照雖然強烈，但身上的輕薄上衣卻還是相當舒適。從車站前面延伸出去的商店街雖然不寬敞，但卻散發出一股乾爽的清潔感。

經過一個轉角之後，一條完全看不見盡頭的漫長坡道朝著天空不斷延伸著。

我一邊看著手裡的地圖一邊說：

「根據地址，從這邊一路往上走就可以到了。」

「要爬上這個坡道？」桐乃用很不情願的聲音說著。

「真讓人不愉快，我可不想來趟苦行之旅。」

接著則是哥德蘿莉模樣的黑貓嘆了一口氣後這麼說道。我從很早之前就有疑問了，這傢伙連夏天也穿這麼厚的衣服，難道都不覺得熱嗎？她嘴裡時常說著「我已經用妖氣在身體上罩了層薄膜所以沒關係」，那應該不會是當真的吧？但我也不好意思對她說「快把衣服脫了」，所以只好時常跟她說話，也好注意一下她的狀況。

「受不了的話就說一聲，我們邊休息邊走上去吧。」

「哎呀，『學長』人真好。」

「這是我們當學長的本分。」

我不甘示弱地回嘴後，黑貓便眨了眨眼睛然後將視線從我身上移開。

另一方面，我們家的妹妹還是很不高興。她雙手環抱胸前，惡狠狠地瞪著我說：

「你怎麼都不擔心我呢？」

「妳又沒穿那麼厚的衣服。」

今天的桐乃穿著一條幾乎可以看到大腿頂端的超短褲。

除了讓人不知道該把眼神往哪放之外，還非常引人注意。再加上有個哥德蘿莉服的女孩在旁邊，可以說更加吸引周圍人群的目光。

由於和這兩個人走路一定會遇到這種情形，所以我也早已經習慣了。

「而且對經過鍛鍊的妳來說，這種程度的坡道根本就不算什麼吧？」

「也是啦——」

桐乃很得意地用腳尖敲了幾下地面。原本以為她的心情已經稍微好一點了，但她馬上又接著說「你到那邊的自動販賣機買飲料過來」。

「看是礦泉水還是茶都可以。三人份唷。」

「是是是。」

我只能聽從命令朝自動販賣機走去。

接下來我們便不斷朝著緩緩轉彎的坡道爬上去。周圍完全是住宅區，甚至連家便利商店都沒有。除了住家之外的建築物，就只有某知名的大小姐學校、公園以及郵局等等……大概就是這樣子。

雖然整個就是高級住宅區的感覺，但對只是一介平民的我來說，會覺得這也太不方便了吧。

「……話說回來，這裡真的全都是豪宅耶。」

「……知道地址之後，我就大概知道會是這樣了。」

「不過那個圓眼鏡真的住在這種地方嗎？」

回頭看了一眼剛才經過的宮殿式豪宅後，桐乃用相當懷疑的口氣說道。

她口中所說的圓眼鏡，指的當然就是沙織……

差不多該跟大家說明是怎麼回事了。

沒錯，我們目前正朝著沙織的家前進。

為了讓看起來有些沮喪的沙織重新振作起來，我們買了她應該會喜歡的禮物，準備所有人一起到她家去——這就是我們所想出來的，稱不上是作戰的作戰了。

自從之前發生過的某件事之後，凡事訴諸於送禮物便成為我的習慣。

不過，我不認為這有什麼不好。因為桐乃和黑貓的意見一定也跟我一樣。

至於我們怎麼會知道沙織家的地址，那是因為以前她寄給桐乃的宅急便（裝滿了梅露露同人誌）上，寄件者欄位的地方就寫著應該是沙織本名的名字與地址。

原本也打算跟她聯絡之後才去拜訪，但桐乃和黑貓卻強烈主張「忽然到訪絕對比較有意思」，所以我也只好配合她們了。

不過呢，老實說我也認為這樣比較有意思。因為——

「唉啊，真不好意思。其實這次是在下第一次擔任網聚的主辦人──在下想讓來參加的人都喜歡在下，即使是只有一點點的好感也好，所以在下才卯起來試著做了和御宅族領袖相符的形象。在下平常是還要再更沉穩一點的女孩子唷。」

說不定可以見到沒有做御宅族打扮的沙織。

或許……

可以看見她的「真面目」──

我們在高級住宅區裡又走了幾分鐘，最後終於來到寄件者欄上面所寫的地址。

這裡是一棟三層樓高的大樓。跟我們在路上所見到的大宅邸相比或許沒有那麼高級的感覺，但這棟打掃得非常乾淨的白色建築物可以說看不到任何髒污，以非常沉穩的姿態佇立於這座瀟灑的街道當中。

或許是稍微有風吹動吧，這時我可以聞到一點點海的味道。

這個地方已經靠近大海了。

「就是這裡。」

「沙織就住在這裡嗎？」

「大概吧。」

面對桐乃的問題，我有些沒自信地回答道。因為那個沙織竟然會住在這種地方，這實在超乎我的想像。

話說回來，如果她以那身御宅族打扮走在這邊的街道上，我看會被人家笑死吧！

「總之先進去再說吧。」

黑貓這麼催促著。然後又一句話都不說，只是散發出「你先進去」的壓力。

「好……好吧。」

入口自動門旁邊有著黑色石材般的機器，那是附有數字鍵盤的對講機。

看來大樓的入口已經上鎖，沒有裡面居民許可的話甚至連一樓大廳都沒辦法進去。

「怎麼辦？」

「什麼怎麼辦……當然是按下房間號碼，要裡面的人開門讓我們進去啊。」

「……哼，如果是公寓或是透天房屋的話，就可以忽然出現在門口嚇嚇她了。真沒想到那個宅女的家裡會有這麼嚴密的安全系統。」

「就不能用妳擅長的『闇黑力量』想想辦法嗎？」

桐乃興沖沖地揶揄著黑貓。

「哼……真是抱歉了。那不是能在這麼多人面前隨便使用的『力量』。」

「好啦好啦，邪氣眼又出現了。」

正如沙織平常所說的——我也開始覺得這兩個人的鬥嘴，越來越像是在打情罵俏了。甚至有了與過去不同的感想，覺得這兩個傢伙的感情還真是好……

「好啦，你還愣在那裡幹什麼？快點按房號啊。」

被妹妹催促之後，我將手往對講機伸去，但馬上又「啊」的叫了一聲。

「怎麼？發生什麼事了？」

「不知道房號。」

「啥？」

「表格上面就沒有寫嘛。只有寫著這棟大樓的地址，根本沒有寫上房間號碼。」

「真的假的？那不就沒辦法知道沙織住在哪一間了～你這個蠢蛋！」

「現在才注意到這件事，學長你真的很笨。」

「妳……妳們兩個！別全部怪到我頭上來！」

我們因為這突如其來的狀況而慌了手腳，開始在大樓門口吵了起來。

看起來很沒用的高中男生、哥德蘿莉模樣的高中女生以及露出整個大腿的國中女生吵吵鬧鬧的模樣，可以說怎麼看怎麼可疑。

「你們在那裡做什麼！」

我們背後忽然響起一道巨大的嚴厲斥責聲。

「嗚哇！」

本以為是保全人員而縮起身子轉身一看，結果出現在我們面前的根本不是那種正常的人物。站在那裡的是……

「為……為什麼高級住宅區裡會有軍人？」

那是一個穿著迷彩戰鬥服的高大士兵。因為戴著太陽眼鏡與帽子而無法看清楚士兵的臉。

他──不對，從聲音來判斷應該是個女性──舉起手上的衝鋒槍，將閃爍著黑色光芒的槍身朝向我們。

「Ｆｒｅｅｚｅ！」

「嗚哦哦哦啊啊啊！」

我們幾個立刻「啪啪！」地迅速舉起雙手。

襲擊者慢慢將衝鋒槍放到肩上然後擺好動作，將槍口對準了桐乃。

「看我把妳那張可愛的臉轟爛！」

「呀！」

被人瞄準之後，桐乃整個人嚇得半死。我馬上衝到妹妹前面掩護她。

「快住手！」

但是過了好一陣子之後子彈還是沒有發射出來——

「咦……咦？」

一陣沉默籠罩降臨在我們幾個人之間。

「噗！」

士兵忽然爆笑了起來。

「啊哈，哈哈哈哈哈！原來是會喊『快住手！』嗎？」

「……咦？」

我們三個人感到相當困惑。士兵則邊笑邊往天空發射衝鋒槍。

啪啦啦啦啦——一陣ＢＢ彈的輕快連射聲響起。

士兵脫下帽子說了句「開玩笑的啦」，然後臉上浮現冷冷的笑容。「抱歉嚇到你們了。」真是個美人。她有著一頭長髮，以及非常適合戴太陽眼鏡的臉孔。高䠷的身材（竟然比我還高）給人一股壓迫感，渾身散發出幹練女傭兵的氣息。

「什……什麼……」我到現在仍然搞不懂是怎麼回事。「假……假的嗎……」我背後的桐乃鬆了一口氣。接下來——

「哼……哼。打從一開始我就知道妳那衝鋒槍是假貨。妳表演得算是不錯了。」

少騙人了。我剛才一瞬間瞄了黑貓的臉，看到她明明嚇到快要哭出來了。

「哎呀哎呀～真是謝謝你們，讓我看見這麼感人的兄妹愛。」

「嗚……」

現在才注意到，自己還擺著張開雙臂擋在妹妹面前的姿勢。這可真是羞死人了……

不過這也不能怪我。不論是誰看見出現在高級住宅區裡的軍人，都會被嚇到喪失判斷能力才對。不過話說回來，這世界還真是充滿了怪人耶。

我驚魂未定地問道：

「那個……妳……妳到底是什麼人？是這棟大樓的住戶嗎？」

「嗯？算是吧。我才想問你們是什麼人呢。老實說你們真的很可疑。」

「怎麼看妳都比我們可疑多了。」

應該沒有人會反對我現在說的話才對。

「呵，我只不過是一個人在進行生存遊戲，結果就看見三個可疑分子正在自家大樓前面吵架。最後終於忍不住就戲弄你們一下。」

「什麼嘛——妳是沒朋友嗎？」

桐乃竟然做出異常尖銳的吐槽。就算知道也別講出來嘛！

竟然一個人在玩生存遊戲……

這個壯碩女竟然在假日的大白天裡，做出如此讓人感傷的舉動。

「哈哈，謝謝妳這傷人的吐槽。」

明明被人說中痛處卻反而感到高興。這個人是怎麼回事？跟某個人好像哦。

「嗯，這樣我們可以算是半斤八兩了。那你們到底有什麼事呢？」

「那個……」

我和其他兩個人面面相覷。這時桐乃和黑貓同時點了點頭。

看來是要我來說明的意思。是是是，我知道啦。

「其實，我們的朋友住在這棟大樓裡面——」

對她說出我們打算忽然來訪給朋友一個驚喜之後，對方竟然有了出乎意料之外的回答。

「原來如此……那你應該就是京介氏了吧？」

「是……是啊。」

「那麼，那邊的哥德蘿莉少女是黑貓氏。而時髦的染髮少女就是小桐桐氏囉。」

「妳認識我們？」

桐乃雖然對這個異樣打扮的人保持著強烈警戒，但對方剛才的發言似乎已經引起她的好奇心了。全身都是生存遊戲裝備的女人臉上出現這種=ω=表情。

「那是當然了。我時常從妹妹那裡聽說你們的事情。」

「妹……妹妹？」

黑貓如此反問道。我也懷疑所聽見的話，於是再度提出相同的問題：

「妳說妹妹是——」

士兵模樣的女巨人這時候臉上露出笑容，然後開始自我介紹起來：

「我忘了自我介紹了。我叫做槙島香織。你們的朋友『沙織』是我的妹妹。」

「咦……咦咦……！」

我和桐乃同時發出驚嘆。而黑貓則是驚訝地張大了眼睛。

桐乃迅速接著問道：

「妳……妳是沙織的姊姊？」

「嗯嗯。妹妹平時受你們照顧了。」

「香織」優雅地點了點頭。

經她這麼一說，我也注意到像這種高大的女人原本就不多，而且臉型與體型確實都跟沙織很相似。剛才之所以沒注意到，是因為她身上散發出來的「氣息」與沙織實在相差太大了。

「呵，你怎麼了？京介氏。這麼專注地看著我。哈哈哈——看來是被我的美貌給迷住了吧？」

「我現在確定妳一定是沙織的姊姊了！」

姊妹倆竟然講出差不多的話。不過姊姊這邊光是透過太陽眼鏡也能確認是個美人就是了。

黑貓也同意我的看法，她接著開口說：

「哼……確實如此。能毫不在乎地穿著奇裝異服這點，可以說跟妹妹完全相同。」

妳這傢伙還不是能惡毒地吐槽首次見面的人。

桐乃又把雙手環抱在胸前，低聲囁嚅道：

「就像哪邊的槍械宅一樣。」

「妳們兩個還是一樣沒禮貌到了極點！」

「哈哈哈，哎呀哎呀，沒關係啦，京介氏！我已經習慣人家的毒舌了。可能是因為平常跟我在一起的朋友也都是些嘴巴很壞的傢伙吧。」

她說完之後便看了一下桐乃和黑貓的臉。但她們兩個人卻還是一臉若無其事的表情。我苦笑了一下後，開口說：

「真不敢相信還有其他像她們這樣的傢伙存在。然後呢？妳難道也要跟沙織一樣說『所以盡情地數落在下沒有關係的』嗎——？」

「正是如此。」

香織揚起嘴角高興地笑著。

簡直就像重新經歷了我們首次相遇的「那個時刻」一樣。

我開始產生一種很奇怪的感覺。她的氣息明明就和沙織完全不同，但感覺就好像是在跟很熟的朋友說話那樣。從這一點，可以看出她們兩個果然是姊妹。

「雖然很謝謝你們前來拜訪沙織——但很不好意思，妹妹她現在出門去了。因為有點事情要到學校去。」

「學校？今天不是假日嗎？」

「嗯嗯。來這裡的路上沒看到那棟建築物嗎？妹妹目前就讀於那所女校的高中部。順帶一提，我就讀於同一所校園裡的大學，是年輕貌美的女大生。」

別自己說什麼「年輕貌美」好嗎……

「這樣啊……」

「怎麼了嗎？」

面對感到疑惑的香織，我聳了聳肩後說：

「沒有啦，想說妳不會跟沙織一樣年紀都比我小吧……原來如此，妳是大學生嗎？」

我看了一下香織的全身，接著點了點頭說：

「這我就相信。看起來就像個大學生。」

「哦～真的嗎……」

香織的太陽穴不知為何「嗶嘰」一聲爆出了青筋。

接下來就把衝鋒槍的槍口對準我的額頭。

「啊？」

正當我發出疑問的聲音時……

啪嘰啪嘰啪嘰啪嘰！ＢＢ彈不斷命中我的額頭。

「哇，好痛啊啊啊啊啊！」

「哎呀，手滑了一下。」

幾分鐘後，香織帶著我們來到了大樓的二樓。

「難得你們大老遠跑過來。如果不請你們喝杯茶就讓你們回去，妹妹一定會生我的氣。」

她就是這樣邀我們進到大樓裡面。老實說，我內心也想了解關於我所不知道的沙織——比如說她住在什麼樣的房間裡等等——所以便順勢接受了她的好意。而桐乃和黑貓似乎也跟我有同樣的想法。

「原來如此……妳是和妹妹一起住在這裡嗎？」

「嗯嗯，我們是以通學方便這個理由而離開父母身邊。」

黑貓忽然用很熟稔的口氣與香織說起話來。原本相當怕生的黑貓之所以能這樣和她對話，

應該是從香織身上嗅到了與那個傢伙同樣的「味道」吧。

邊走在一塵不染的走道上，桐乃邊這麼說：

「這棟大樓的房間怎麼都沒有掛門牌呢？」

「每個房間都沒有？」

我問完之後，香織便回過頭來說：

「嗯？這棟大樓本身就是家裡的產業，我們是得到父母親的許可才住進來的。所以……」

「妳是說這裡面全部的房間？」

「嗯嗯，是啊。」

這真是太猛了。

「這樣啊——那就可以放很多裝飾品了——不過打掃應該很累人吧？」

桐乃輕鬆地說道。香織則是點了點頭，接著回答：

「呵呵，妳倒是很清楚嘛，小桐桐氏。正如妳所指出的，這棟大樓算是我自豪的展覽館。剛好趁著這個機會讓你們看看我的收藏品！來，快進來吧！」

她得意地挺起碩大的胸部，帶領我們進到房間裡面。

我們在那裡面見到的是——

「嗚哦……」、「哎呀…………」、「嗚咿——！」

房間的隔間是１Ｋ（註：房間內附有廚房）——也不算吧，這裡面沒有廚房。總之裡面沒有任何隔間，就是一個相當大的空間。不知道有幾個榻榻米大呢。

簡直就像從設計階段時就預定好這個房間的「用途」了。

牆壁上以及房間的中央部分都有大型玻璃櫃，裡面則擺放著許多機器人動畫的模型。書架上則陳列著大量該款模型的動畫ＤＶＤ以及書籍。

此外還用鋼絲從天花板上吊了好幾隻戰艦與宇宙都市（這應該是叫這種名字吧？），看來是把這整個房間擬造成一座戰場的樣子。

而連接到房間的走廊上面，則是堆滿了模型的箱子。

連我這個外行人看了都覺得相當佩服。但嘴裡卻忍不住呢喃了一句……姊妹兩個人都是御宅族嗎？

「……這樣要去廁所不是很辛苦嗎？」

「這個模型屋是怎麼回事！太厲害了——！」

「哈哈哈，很不錯吧！是不是很厲害！」

看見眼睛閃爍著光芒佩服不已的桐乃後，香織很滿意地不斷點著頭。

看來她是真的很高興。我記得以前也曾見過類似的景象。

當然地點是在我妹妹的房間裡。

桐乃當時也是把自豪的收藏品展示給識貨的人看——

我想，這一定是當一個御宅族感到最光榮的瞬間吧。

「這是為了對抗書上特別報導出來的外國御宅族房間而精心設計出來的成果！呵呵呵哈哈！外國人只不過是土地比較大，所以能在寬敞的大房間裡輕鬆地擺上收藏品而已，我才不會輸給那種傢伙呢！那根本沒什麼好羨幕的！除了空間寬廣之外還要注重品質！我要告訴世人展示空間的大小並不能造成戰力上決定性的差距！」

有夠吵的。妳也太過熱血了吧？

在發表熱烈演說的香織旁邊，桐乃正用感動的眼神看著收藏品。

「嘿，這不是紅色彗星的頭盔嗎！」

「……這邊是與克瓦托羅・巴吉納相同款式的太陽眼鏡。」

黑貓面無表情地彎下腰，用手指戳著玻璃櫃。

「順帶一提，我現在也戴著同款式的眼鏡唷！」

「這樣啊……」

黑貓用很平淡的口氣接著說：

「雖然妳說這是『我的收藏品』，但裡面難道沒有參雜沙織的收藏嗎？我原本以為她那個搞笑的暱稱一定是取自這個人物身上的……」

「嗯？啊，當然也包含了沙織的收藏！說的也是，我剛才的說法有點不正確。應該說這裡面都是『我們兩個人的收藏』才對。」

「哼……是哦。」

玻璃櫃表面映照出黑貓那帶著深意的淺笑。

這時桐乃像是想起什麼事情般開口說：

「啊，對了。趁還沒忘記的時候先把禮物交給妳吧。」

「說的也是。」

我也同意桐乃的意見，於是我從側肩包裡拿出三人份的禮物來。

「禮物？」香織疑惑地問道。

「嗯嗯，我們有禮物要送給沙織。」

「那真是謝謝了。不過究竟是為什麼要送禮物給她呢？今天不是妹妹的生日，也不是任何紀念日啊？」

「哎呀，沒有理由就不能送禮嗎？」

「之前才收到她送的梅露露餅乾。說起來這是我們第一次來這邊拜訪，本來就應該帶個禮物過來吧。」

「就是啊，她之前也送我電腦呢。我們還老是麻煩她那麼多事情——更何況大家都是朋

友。妳也幫我們看一下嘛。妳對模型很熟吧？」

我將自己選的禮物「HG 1/144 須佐之男」的箱子遞過去後，香織出現了相當強烈的反應。

「哦，這個是！」

「話先說在前面，這不是給妳的唷——」

「我當然知道！我會負起責任將它交給我妹妹！哎呀～～～～不過京介氏～你倒是很了解沙織嘛。」

「因為常常看沙織在組裝模型……我就想她應該喜歡這東西吧。所以我們便一起去買了。因為不是很懂，就只能盡量選擇自己認為很帥氣的機體……不知道沙織會不會喜歡這架呢？」

「嗯嗯——我跟你打賭，她一定會喜歡的。」

「……這樣啊。那就太好了。」

黑貓接在我後面把禮物遞了過去。

「死神鋼彈嗎！真像黑貓氏的選擇！」

而最後則是——

「最後換我了。話先說在前頭，這兩個人的禮物只是開胃菜而已，我選的鋼普拉才算是重頭戲。」

香織笑著說「那可真讓人期待」。

「擦亮眼睛等著吧——妳看！」

桐乃自信滿滿地將紙箱伸出去。

「鏘——！鋼彈00裡面釘宮理惠開的那台機器人！怎麼樣，很棒吧！」

「那是妮娜搭乘的機體！不是釘宮理惠開的那台機器人！」

香織以嚴厲的口氣提出糾正。我雖然不是很懂，但在這方面上她似乎沒辦法妥協。

「妳……妳幹嘛生氣啊？」

「不要把聲優與聲優所詮釋的角色混為一談好嗎？機體選擇上跟著潮流這點我還能接受，但弄錯駕駛員和機體名稱可就不能饒恕了。這是愛還不夠的證明啊！」

「還不都一樣嗎。叫釘宮●彈就好了。」

「釘宮●彈？所……所以說聲優宅這種生物真是讓人受不了……！靈魂完全讓地球的重力給抽走了……」

「哎呀，妳也不用發那麼大的脾氣嘛……」

桐乃雖然困惑地這麼說著，但其實妳哪有資格說別人呢？

香織的反應就跟妳聽見黑貓嘲笑梅露露時一模一樣啊。

御宅族就是因為有自己獨特的信念，所以才會對我們認為微不足道的小事產生強烈反應。

這一年來我已經親身體驗到這一點了。

「總之妳就先打開嘛。裡面真的很棒啦！」

「嗯？不就是普通的模型嗎？」

香織從桐乃那裡接過紙箱。一邊覺得疑惑一邊將它打開。

結果……

「什……！這……這是……」

香織的身體整個僵硬並且說不出任何話來。

「很棒對吧！怎麼樣？怎麼樣？」

「不會吧……等……等一下……」

看見桐乃得意的臉已經逐漸逼近，香織只好邊伸出手掌來抵擋邊慌張地說：

「首先……那個……為什麼『已經組合好了』呢！」

「咦？不行嗎？」

「妳知道嗎，小桐桐氏……我只說一次而已妳要仔細聽囉……所謂的模型呢，不是擺來欣賞用的，一邊微笑一邊組合才是它的精華所在啊！妳把完成品交給我，樂趣不是已經減少一半了嗎！」

「真麻煩！模型狂真是有夠囉唆耶！」

我完全同意妳的看法。說起來我們這種輕度玩家，根本就沒辦法理解狂熱分子和御宅族的思考方式。不過我還是覺得妳沒資格說香織就是了。

「啊～啊～……變成這樣了……這可真是糟糕啊。」

香織手上拿著桐乃組合的模型，開始不停抱怨了起來。

「說起來光是只用鉗子將零件剪下來就開始組裝這點就很讓人不爽。沒有用砂紙磨過，沒有塗裝……也沒有先試組過，這算什麼模型嘛！」

「順帶一提，我還剩下許多零件耶！」

「妳還敢說——！」

呼……呼……香織的肩膀不斷上下起伏並且急速喘著氣。另一方面桐乃則還是一副無所謂的模樣。

「話說回來，姊姊妳跟沙織不太一樣，好像比較容易生氣耶。」

「嗚咕……沙……沙織的意見一定也跟我一樣！」

「是這樣嘛～」

「那是當然！好……好嘛……就算我退一百步不計較妳已經把它組合完成了……但這……這……」

香織的太陽穴爆出血管然後憤怒地說：

「這附著在機體全身的亮晶晶物體是什麼！」

「那個啊？耶嘿嘿……我試著貼鑽來裝飾鋼●啊！這樣很可愛不是嗎？」

「妳說貼鑽……鋼●……？」

搖搖晃晃……只見香織無力地按著臉，整個人搖晃了起來。

要解釋的話，就是桐乃把國中女生們最喜歡的金片與玻璃水鑽，像一大群海螺般貼在完成的模型上面。

為什麼女國中生就這麼喜歡如此誇張又噁心的裝飾呢？

「喂喂，香織……妳不要緊吧？」

「抱歉……京介氏。這……這實在已經超乎我所能接受的範圍了……」

「來……坐在椅子上休息一下……」

我撐著她的身體催促她趕緊坐下，接著香織便緩緩往類似宇宙戰艦艦長會坐的椅子上坐了下去。然後整個人便虛脫了。

「咦？妳怎麼了？」

桐乃竟然還一副若無其事的樣子！妳竟對一個鋼彈宅做出如此殘酷的事情！

黑貓在我耳邊小聲說道：

「……氣氛很糟糕耶。你快想點辦法。」

「我也知道啊……」

我急忙看著四周，然後對著香織說：

「哎……哎呀～妳的模型數量還真是不少！這麼多架模型，維護起來一定很費工夫吧？」

「是……是啊。但一點都不辛苦。京介氏……對我來說呢，維護收藏品是最幸福的時間了。」

「是這樣啊？」

「嗯嗯！」

原來如此。聽見如此強而有力的回答，我也沒辦法再多說些什麼了。

「那不好意思哦，可不可以請妳告訴我，怎麼樣才是正確的模型製作方法？」

「呵……真拿你沒辦法。我就稍微指導你一下吧。」

太棒了，這下心情總算變好了！我真的很會取悅御宅族耶。

我心裡雖然因此而感到相當興奮，但我忘了御宅族一旦開始解說起來，其說話內容就會跟老太婆的裹腳布一樣又臭又長。

三十分鐘後——

「——經過這所有程序之後，才將剛才編號的零件組合起來——」

「終於……算完成了嗎？」

「接下來還要製作擺放的地方。」

「是……是這樣啊。」

到底哪時候才能完成啊！累……累了……我受夠啦。但由於是我自己說出「請教我好嗎」的要求，現在也沒辦法要人家停下來……

「嗯，不過那就是另外一個階段了，模型製作的講座就先到這裡告一段落。」

「……呼……」

這樣我就放心了。總算可以解放囉……

「呼……好久沒說這麼多話……」

香織經過長時間解說自己的興趣後已經完全恢復精神，現在整個人躺在椅背上休息著。

「結束維護工作之後，坐在這張椅子上仔細品味它們的美感。一天很快就這麼過去了。」

「我懂！我完全懂～！」

有一個傢伙對沙織的看法表現出熱烈贊同。

「如果這些模型全部都是梅露露公仔的話，我也會有『一輩子在這裡看著它們就好』的想法。」

這傢伙真的病了。

「我說啊！妳應該還有別的收藏品吧！一定有吧？給我看看嘛！」

「我了解妳的心情，不過還是先冷靜下來好嗎，桐乃！」

妹妹像是亢奮狀態的鬥牛一樣朝著香織撲了過去，我只得趕緊從後面架住她。

「你這種笨蛋怎麼可能理解我的心情呢！」

「很痛耶……！妳是想把我的腳尖踩爛嗎！臭女人！」

好久沒嘗到這種攻擊了！我甚至感到有些懷念！

完全不理會我和桐乃在旁邊大聲吵著架，黑貓面不改色地說：

「還有別的收藏品的話，我也想見識見識。」

「當然沒問題，不過在那之前——」

香織伸直了手臂，用手掌朝三腳椅比了一下，應該是要我們坐下的意思吧。

「可不可以讓我把飲料拿出來了呢？」

之所以現在還沒喝到飲料，不都是因為妳在那裡喋喋不休的緣故嗎？

又過了二十分鐘後，我們來到同棟大樓的另一間房間裡。

「這棟大樓是父親為了擺設美術品而改裝的。我請他讓我使用裡面的一部分空間。」

看來每個房間都是不同主題的展示場。到目前為止，在所有房間裡都還沒見到生活必須用品，這裡面應該有可以過一般生活的房間才對吧……？而我們目前所在的房間是……

「這房間怎麼那麼破舊！」

「是從前的……遊樂場嗎？」

桐乃和黑貓老實地說出自己的想法。

我們腳下的地板和牆壁全都是外露的水泥平面（應該是故意的吧）。

裡面整體散發出一股懷舊的氣氛，而進到房間馬上就可以見到桌上型的遊戲框體以及映像管電視。從電視上還延伸出黑色纜線，一直連結到沒看過的黑色遊戲機上。

此外還像是要填滿其他空間般設有玩具賽車的競賽場。

「呵，這是重現昭和後期～平成初期童玩的展覽館。那個時候雜貨店的深處都擺放著遊戲框體，完全變成了小學生聚集的場所。那是街頭快打與戰斧正在坊間流行的年代。不對，應該說在有些地方它們現在依然很流行。」

妳到底是幾歲啦？

「這款黑色遊戲機是？」

黑貓如此問道。連這傢伙都不知道的話，就一定是相當古老的遊戲機了。

「是ＮＥＯＧＥＯ　ＣＤ。我聽人家說，這是每場對戰都得等上三分鐘讀取時間的恐怖遊戲主機。現在擁有各種遊戲的玩家應該很難以想像吧。那個時候可以在家裡玩到格鬥天王與侍魂可以說是非常劃時代的體驗。」

「！這……這就是……那個……象徵著ＳＮＫ黃金時代的主機嗎？我還是第一次見到。」

黑貓瞪大眼睛將臉靠了過去，然後一直凝視著那台黑色主機。雖然我不能理解，但這一定是遊戲狂夢寐以求的珍品吧。

「唷，這又是什麼？」

我所發現的是四方形桌子狀的玻璃櫃。裡面放著一整排像是會放在轉蛋裡面的橡膠玩偶，外表看起來是奇幻風格的怪物、精靈與騎士等等。

「哦，你真是有眼光啊，京介氏。那個的名字是『尼克羅斯要塞』。雖然不像驚嚇超人貼紙（註：食品公司羅德所發售的巧克力當中附贈的貼紙）那樣有知名度，但也算是代表昭和時代的食玩之一。在食玩收藏家裡面以擁有深厚的人氣著稱，網路拍賣等通路上目前仍然有許多人在做相關買賣唷。」

「這樣啊～」

真是什麼東西都有。雖然是以前的食玩，但外形實在很酷。難怪當初會那麼受歡迎。

不過關於「戰斧」或是「驚嚇超人」等為了解說而拿出來使用的名詞本身就不太清楚了，對香織的敘述究竟能理解到什麼樣的程度，連我自己也感到存疑。

「順帶一提，光從玻璃櫃外面看一定不知道，其實只要用手指觸碰來加溫，尼克羅斯玩偶的顏色就會改變。與八〇年代附在變形金鋼玩具上而獲得許多人氣的祕密徽章算是類似的東

西。靠著溫度來變色的特殊效果可以說是當時的流行趨勢。」

所以說妳到底是幾歲啦！是從昭和時期時光旅行到現在來的人嗎？

「那這邊呢？」

桐乃所指的是隨意放在遊戲框體上的賽車玩具。

啊，那個我也知道。

我用手拿起那輛「車體被削薄的藍色賽車」，用溫柔的聲音這麼說道：

「真懷念。這不是迷你四驅嘛。」

「哦～你知道嗎，京介氏。」

「我小時候有一段時間相當流行。但是我沒看過這種車型耶。」

「哈哈，我想也是。它的名字是AVANTE jr.，可以說是迷你四驅車史上最快最強的車體。聽說是重現當時在日本公開賽裡實際使用過的機體。這麼說或許在第二次第三次迷你四驅熱潮時進入的狂熱玩家會感到相當憤怒也說不定，但改造過後的AVANTE到目前為止仍是最快的迷你四驅。」

誰理妳啊？說起來可以配合妳這個話題的人，現在應該都是大叔了吧。

或許是看出我內心想法了吧，香織用=ω=的表情做出了結論。

「動畫、遊戲以及其他種類童玩的技術都有了顯著進步。許多昭和時期人們所無法實現的夢想，現今世界都已經完成了。但是你們不覺得因此就把曾經讓我們如此著迷的東西當成『過去的產物』來遺忘掉，是一件很可惜的事嗎？我也不是提倡復古主義，只是有趣的東西終究是有趣，好的東西也永遠會是好的東西。只要待在這個地方就能夠體認到這一點。所以我相當喜歡這個房間。」

據說每個人心目中都有屬於自己的理想世界。

就拿我來說好了，我的理想世界就是在不算大的庭院走廊邊緣，曬著溫暖的春天陽光。

當然黑貓、沙織或者是赤城、瀨菜一定也有他們各自的理想世界。

而現在呈現在我眼前的——一定就是桐乃心目中的烏托邦了吧。

「呼……呼……這是什麼……這是什麼……難道說這裡是天堂嗎……」

我妹妹緊貼在玻璃櫃上，用已經失去理智的眼神緊盯著完全進入她好球帶的收藏品看。

這真是太難看了。實在沒辦法讓桐乃的粉絲們看見她這種模樣。

沒錯，這裡就是「美少女公仔房間」。除了梅露露之外，還有各式各樣人偶擁擠地陳列在一起。也難怪桐乃會為之瘋狂了。

但是也不能這麼誇張啊。

「妳給我差不多一點好嗎？已經貼在那邊超過十分鐘以上了。我們該到別的房間去看看

了。」

「那……那我還要待在這裡一下！你們先離開沒關係！」

說完之後就繼續站在玻璃櫃前一動也不動了。只見她的手掌和鼻子已經整個貼在玻璃上，只差沒有流口水而已。簡直就跟在玩具賣場前不肯離開的小鬼一樣。

又或者可以說像在猶豫到底要不要買love doll的赤城一樣。

「唉～～～……真拿妳沒辦法。」

就在這個時候……

房間開始搖晃了起來。

「唷？」、「怎……怎麼了？」、「這是——」

我、香織、黑貓慌張地看著周圍。

「嗚哇……」

香織失去平衡，整個人向前倒去。也因為這樣，從她戰術背心的口袋裡掉出了各式各樣的眼鏡。

我根本來不及問出「那些眼鏡是怎麼回事？」，下一波更強烈的晃動便襲擊過來了。

「唉唷……」

公仔全部發出喀噠喀噠的聲音晃動著。這個現象是——

貼在玻璃櫃上的桐乃忽然昏沉沉地呢喃著：

「嗚哇……梅露露她們開始動起來了……難到是上天聽見我的心願了……？」

「是地震啦，笨蛋！快點從梅露露的世界裡回來！不要因為腦內啡而整個人恍神好嗎！」

我急忙怒斥著桐乃然後一把抓住她的肩膀將她拖過來，接著兩個人一起承受著晃動。

「這地震真大！」

「……玻……玻璃櫃倒下來的話就危險了……」

黑貓對大家發出警告。只見她蹲在地上抱著頭，鐵青著一張臉抬頭看著我。

「說……說的也是。喂，桐乃、香織——」

當我準備確認所有人是不是都平安無事時——香織因為剛才跌倒而掉了太陽眼鏡，雙手正準備將它撿起來而四處摸索著。難道說她的眼睛不好，剛才那是有度數的太陽眼鏡嗎？我正準備去幫她時，她已經先叫了聲「有了！」。

香織立刻把撿到的眼鏡戴上。但她戴的不是太陽眼鏡——

而是似曾相識的圓滾滾眼鏡。應該是剛才從戰術背心口袋裡掉出的大量眼鏡其中之一。視力恢復的她馬上大叫著：

「各位！這裡太危險了！我們快些到外面去也！」

「不要啦！要是玻璃櫃倒下來破掉的話，梅露露她們會死掉的……！」

桐乃一邊扶著玻璃櫃不讓它倒下，一邊大聲叫道。

妳是笨蛋啊！別管那種東西了——又不能對這傢伙說這種話……！可惡！

這時香織代替咬牙切齒而猶豫不決的我說服起桐乃來了。

「妳不用擔心，小桐桐氏！對收藏家來說地震是最恐怖的敵人！所以這裡已經有做好防震措施了！」

「但是！現在搖成這樣……！」

「請聽在下的勸告好嗎！對在下來說，朋友比這些收藏品要重要多了！」

「！」

聽見香織的叫聲後，桐乃瞪大了眼睛。

「快離開吧！」、「呀……」

我緊緊抓住桐乃的手然後朝出口跑了過去。而黑貓和香織也跟著我後面出來。連滾帶爬地從房間裡出來後，我便緊緊抓住通道上的扶手。承受著劇烈的搖晃——……

不久，晃動馬上緩和了下來。

「……呼……看……看來是停止了……」

跟我一樣抓著扶手的黑貓鬆了口氣。當房間晃動時，最驚慌失措的其實是這個傢伙。不過，每個人都會有一、兩種異常害怕的事物吧。

「喂喂，你要握住我的手到什麼時候啊！」

「啊，抱歉。」

我的手馬上被甩開，接著我和桐乃也鬆了口氣。

而戴著圓滾滾眼鏡的香織則是擦了擦額頭的汗水，開口說：

「呼——哎呀，剛剛搖得真厲害～不過大家似乎都平安無事，這樣在下也就安心了。」

「…………………………」

……………………

「妳是沙織對吧…………」

「啊！」

才剛張開嘴大叫，她就馬上轉身背對著我們。

接著迅速把圓滾滾眼鏡摘下來，換上原本的太陽眼鏡。然後……

「呵，你在說什麼啊，京介氏。我是沙織的姊姊，名字叫做香織……」

「拜託，已經露出馬腳啦。」

這傢伙事到如今還不肯承認。於是我便把手往自稱香織的沙織臉上伸去。

當我輕輕摘下她的太陽眼鏡時——

「哇呀！」

沙織發出巨大的悲鳴，整個人迅速蹲下然後用兩手蓋住臉。

「…………咦？」

……怎……怎麼了？這種生疏的反應是怎麼回事？這傢伙……應該是沙織吧？

我手裡拿著太陽眼鏡，呆呆地站在原地。桐乃和黑貓也因為沙織突然的變化而嚇得瞪大了眼睛。

「你……你……你啊……幹……幹嘛把沙織弄哭……」

「咦！是我害的？」

「我雖然沒有看得很清楚，但你剛才是不是亂摸沙織？」

「黑貓妳在胡說些什麼啊？」

我只是把她的太陽眼鏡拿下來而已！拜託，我也不知道沙織會出現這種害羞大小姐被人掀起裙子時的反應啊！

「總……總之都是你害的，你要想辦法解決……」

「哦，好啦……沙……沙織？」

我以溫柔的聲音叫著她，結果蹲在地上用手遮著臉的沙織便敏感地震動了一下。

……這根本就不像她啊。從她平常的言行，根本無法想像出她會有這種反應。

「抱歉。我不該忽然就把妳的太陽眼鏡拿走。來，還給妳吧。」

我將太陽眼鏡遞出去後，沙織便從蓋住臉的指縫當中往我這裡窺視著。

她用與片刻之前完全不同的虛弱語氣輕聲呢喃道：

「啊……那個……」

「嗯？」

「……你看見了——？」

「看見什麼？」

「……我的……臉……」

啊啊。原來是這樣。

這傢伙……不想讓我看見她真正的面貌。

所以才會做出如此害羞的舉動。

「我沒看見。」

「……是真的嗎？」

「嗯嗯，真的。」

「是這樣啊……」

雖然因為手指擋住而看不見她的表情，不過可以知道她已經鬆了口氣。

看來我猜得沒錯。

每個人都有自己的難處。所以有一、兩件難言之隱也是人之常情。

只因為一時興起便將它揭發，這樣實在是太過分了。於是我再度低下頭，滿懷誠意地說：

「讓我再次跟妳道歉……真的很對不起。」

「……不……不會，我也有不對……忽然間有這種反應……抱……抱歉。」

幾乎快要聽不見的細微聲音、乖巧的氣息、不善言語的口氣。

這所有的一切都跟我所認識的「沙織」完全不同。

開朗的大嗓門、難以捉摸的感覺、流暢的語調。

我心目中的沙織應該是這樣的女孩才對。

難道說現在這種模樣才是她的「真面目」——

……在下平常是還要再更沉穩一點的女孩子唷。

首次見面時所說的話……難道是真的嗎……

誰會知道啊。當然會以為她是在開玩笑吧。

這時我們回到公仔的房間裡面。
「哎呀～真是非常抱歉。在下實在沒有欺騙各位的意思。」
一戴上圓滾滾眼鏡，沙織馬上就恢復平時的模樣了。
那個軟弱且哭泣著的「沉穩的女孩子」已經完全消失。
但是這種模樣，其實是像她自己曾經說過的「在下才卯起來試著做了和御宅族領袖相符的形象」吧。
而剛才那種男性化的性格應該也不是沙織的「真面目」。
這傢伙一定是自動根據服裝（應該說是眼鏡）來分別使用好幾個「角色」。
面對乖乖道歉的沙織，桐乃則是用輕鬆的口氣說了句「我又不在意」然後便錯開視線。
至於沙織剛才稍微顯露出來的「真面目」，桐乃和黑貓似乎都不打算追究的樣子。
當然我也跟她們一樣。
我們準備只聽接下來沙織主動告訴我們的理由，然後這件事就這麼算了。
「跟這個比起來，梅露露她們能平安無事真是太好了。」
剛才雖然劇烈地晃動，但「玻璃櫃的防震措施」什麼的確實幫忙承受住地震的攻擊了。雖然公仔有一半都翻倒，但玻璃櫃本身都沒有倒下。

「好……這女孩也沒問題……沒受到任何傷害……」

桐乃邊檢查每一隻公仔，邊安心地鬆了一口氣。

看來她真的很擔心……所謂「跟這個比起來」並不是怕沙織尷尬而說的貼心話，而是這傢伙真正的心情。

「不過，為什麼妳要假裝成自己的姊姊呢──？」

黑貓兜圈子問沙織這個問題。與其說是對這件事有興趣，倒不如說是考慮到這樣沙織會比較好開口吧。跟桐乃可以說完全不同。

「因為沒想到你們會到家裡來，在下見到你們後嚇了一大跳……結果就……」

沙織一臉很不好意思地搔著臉頰。

「結果就創造出那種『角色』，想就這樣瞞過我們。」

「是的，因為我對讓各位見到與平時不同的我這件事感到猶豫。現在回想起來，應該還有更妥善的處理方法才對。」

「是這樣啊……」

黑貓雖然面無表情地低聲說著，但聲音卻相當溫柔。其實不用問我也知道她正在想什麼。因為我也有同樣的想法。

「其實妳根本不用扮演任何『角色』，因為妳就是妳。我們根本不會在意這種小事。」

「嗯，就是這樣。」

講完之後便將頭轉向別處的桐乃也趁勢表達出自己的看法。

最後果然是種結局。

到目前為止受到人家那麼多照顧。也變成了這麼好的朋友。

怎麼可能還為了這麼點小事就討厭她呢？應該說無論發生什麼事都不會影響我們的友情。

「話說回來，其實妳根本沒有必要道歉。如果妳已經決定在我們面前要扮演『那種模樣的自己』，那妳剛才也只是為了維護自己而做出那種決定而已。」

「小桐桐氏……」

沙織發出相當驚訝的聲音。老實說我也嚇了一大跳。

桐乃這傢伙，真的很了解沙織心裡的想法……聽她這麼一說——我也有了強烈的同感。而這一定就是沙織這麼做的理由。所以她才會騙我們她是自己的姊姊。

「這樣的話，反而是我們應該向妳道歉。沒有先跟妳聯絡一聲就忽然跑過來，是我們不好。」

「不！不不不！千萬別向在下道歉！京介氏！」

沙織急忙搖著雙手。

「我——在下呢……在下呢……！」

難得沙織竟然會說不出話來。

只見她焦躁得皺起眉頭，然後——出現相當認真的表情。

「…………………………」

「……沙織？」、「喂！」、「妳是怎麼了？」

我們三個人疑惑地問完後，沙織突然發出「嗚呵呵」的笑聲。

看起來似乎是想到了什麼「非常棒的事情」——

然後就忍不住興奮而笑了起來。

接著她便像往常一樣把嘴巴變成ω形，然後豎起一根手指。

「小桐桐氏、黑貓氏、京介氏。我想起一件比剛才給你們看的收藏更加有意思的東西唷！」

「咦……比這個——梅露露的公仔更有趣？」

桐乃雖然因為沙織不自然的模樣而嚇了一大跳，但似乎還是被她這番話引起了好奇心，馬上就這麼對沙織問道。沙織則是慢慢地點了點頭。

「是的……我想妳一定會喜歡。」

「好像很有意思。那到底是什麼？」

「等一下我們所有人——都來cosplay吧！」

「cosplay？」

我們異口同聲地說道。

「嗯嗯。其實我早就按照大家的尺寸做好幾件衣服想讓大家穿了。而旁邊正好是試衣間。呵呵，小桐桐氏——妳不是對cosplay有興趣嗎？」

「對！」

桐乃立刻很有精神地回答。當初夏Comi的時候，妳這傢伙的眼睛就已經充滿興趣了。

「黑貓氏偶爾也會想換上不同的服裝吧？」

「這個嘛……穿也沒關係啦。」

黑貓說完之後臉頰便紅了起來。翻譯過來就是「我很想穿」的意思。

看見自己的意見獲得贊成之後，沙織便「砰」一聲拍了一下手。

「那就剛好趁這個機會，大家一起穿上cosplay的服裝來拍張紀念照吧。」

「咦～？要在這裡舉辦攝影會？我可得考慮一下唷～怎麼說我也算是職業級模特兒～」

桐乃的身體扭來扭去，擺出一副驕傲的模樣。

明明就很想拍cosplay的照片，還在那裡硬撐。

「哼……沙織妳準備的衣服嗎？總覺得有點擔心……」

黑貓嘴裡雖然說著這種話，但一看就知道她心裡早就已經答應了，因為她已經開始解開衣服上的緞帶。喂喂，我還在這裡，妳可別脫啊！

「剛好趁這個難得的機會，在下也展示一下很久沒換上的cosplay服裝吧。」

「妳不是一直都在cosplay中嗎！」

「哈哈——京介氏，你現在還可以吐槽在下，但等一下可別被我的美貌給嚇傻囉？」

「——哈，少笨了！」

嗯，不過這三個人會變身成什麼模樣——確實令人期待就是了。我用高興的聲音說道：

「那我就在這裡等妳們吧。」

「你在說什麼啊，京介氏？」

「咦？」

我發出疑惑的聲音後，沙織便對著我露出非常邪惡的笑容。

「我當然也準備了京介氏的衣服啊。」

…………………………

……………真的假的！

女生們在換完衣服之後會回到這裡——也就是公仔房間的樣子。

這段時間裡，我就在這房間把衣服換好。

當自己一個人待在這安靜的房間裡時，大量的公仔們（雖然對桐乃不好意思）馬上就變得有些恐怖。尤其是剛才因為地震而翻倒的梅露露集團帶著笑容看著我，更是讓人感到害怕。

「我看……也不要再掙扎，直接把衣服換上吧。」

高坂京介，十八年來第一次的cosplay。

沙織幫我準備的服裝，是來自於我也知道的角色。

「……這件披風……要怎麼穿啊？」

歷盡千辛萬苦換上衣服後，我便跑到房間角落的全身鏡前面。

「哦哦……………………」

雖然自己這麼說有點不好意思……但這套衣服真的很適合我。

我的臉頰開始紅了起來。這種不知該如何形容的羞恥與亢奮感……究竟是怎麼回事！

從鏡子裡看見cosplay的自己，整個人情緒便會感到很激昂。

「嗚哦……我真是帥斃了！咦？不會吧，真的是我嗎？怎麼這麼帥！」

別罵我很不要臉！相信第一次cosplay的人一定都跟我一樣！

我學著自己扮演的角色在動畫裡面的動作，「啪」一聲翻轉披風……

「顯現吧──『地獄三頭犬』！」

得意忘形之下，甚至還模仿起角色的主要台詞來了。

糟糕，這真的會上癮～～！哎呀～不小心就說出口了！我果然是帥斃了！不過還是有點不好意思！好像一開始cosplay就會變成自戀狂了！

就在這個時候──

喀啦一聲，門被打了開來。同時我背後也感到一陣惡寒！

糟……糟糕，難道剛才的台詞被聽見了嗎？自殺！看來我只能自殺了！

我全身僵硬眼眶含淚地轉過身去後……

「…………！」

我和對方同時說不出話來。

「妳是……黑──黑貓嗎！」

黑貓身上穿的服裝，也是來自一個我很熟悉的角色。

「阿爾法．奧麥加」──是在「星塵☆小魔女梅露露」裡出現的敵人角色，也就是布莉姬時常扮演的那個魔女。

「咦……啊……漆……漆漆……漆……黑？」

也難怪黑貓看見我會這麼驚訝了。因為我穿著黑貓很喜歡的動畫「maschera」主角──漆黑的服裝。

從我自己嘴裡說出來好像有點老王賣瓜的感覺，但真的是很像。

我們兩個瞪著穿上cosplay服裝的對方。

這時黑貓回過神來，開口說：

「……別……別一直……盯著我看……很不好意思耶……」

黑貓羞到連耳根子都紅了，接著還用手遮起身體。

雖然說身上還披著像是吸血鬼般的披風，但整體來說還是相當暴露的服裝，想不到那麼容易害羞的黑貓竟然敢穿上這樣的衣服。

「……不……不是要你別看了嗎？眼……眼睛想被我戳瞎嗎？」

「抱……抱歉……」

我急忙用兩手遮住眼睛。

話說回來，如果覺得這麼丟臉的話，那一開始別穿不就得了嗎？不過可能是她身為cosplayer的尊嚴不允許她這麼做吧。

「倒……倒是……你的……那身服裝……」

「啊……啊啊。這個嗎……」

雖然有點不好意思，但還是想聽一下別人的感想。

「黑貓，我這身打扮……妳覺得如……如何？」

「咦……咦？」

可能是沒想到我會這麼問吧，黑貓嚇得整個人都僵住了。可能是阿爾法服裝真的讓她覺得很害臊吧。只見她的臉比剛才更紅，然後邊瞄著我邊說了句「很……很普通」。

由於黑貓非常喜歡這個角色，所以就算是由我這種人來扮演也會讓她感到相當在意吧。老實說這種感覺真的很過癮。

「呵，妳別一直看我嘛，我也會不好意思。」

「笨……笨蛋……我哪有一直……你在說什麼啊……」

黑貓又急又氣地否定著。不過她這種模樣還真是可愛。

「你們兩個那是什麼打扮！挺合適的嘛！」

桐乃很高興地進到房間裡面來。而她的打扮同樣讓人大吃一驚。

「不過還是比不上我！」

她抓住裙角轉了一大圈。桐乃身上竟然穿著「maschera」裡登場的「夜魔女王」服裝。

也就是黑貓老是穿著的衣服換到了桐乃身上。

只不過是這麼簡單的變化，就足以讓人感到強烈衝擊。

「…………」

我和黑貓都沒辦法馬上回話。

「怎麼了？兩個人都看呆了嗎？」

雖然我剛才也是這樣……但她到底是哪來的自信啊？看來cosplay這種行為真的有讓人變成自戀狂的效果。不過這傢伙本來就很自戀了。

順帶一提，雖然沒說出口，但對於「打扮成夜魔女王的桐乃」，我的感想是──「雖然很不合適但非常可愛」。雖然原本就是模特兒的她穿什麼應該都合適，但沒想到哥德蘿莉的打扮竟然會這麼不適合她……

一定是她那頭茶色頭髮的緣故。

如果桐乃是黑髮或是金髮的話，就不會給人如此強烈的不和諧感了。

黑貓瞪大眼睛直接問道：

「妳不是討厭maschera嗎？」

「嗯──？那跟服裝沒有關係吧？何況我本來就想穿一次哥德蘿莉服了──」

這樣啊。這傢伙，只要能穿上可愛的cosplay服裝，其他就根本不重要了嗎？

「這是……什麼隨便的心態──」

黑貓很厭惡地蹙起了眉頭。

「竟然以這種趕潮流的心態來進行cosplay活動……明明完全變成自己喜歡的角色才是真正

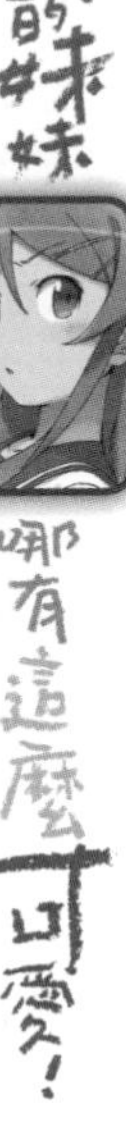

的樂趣……妳根本什麼都不懂嘛！」

「是嗎？嗯——完全變身嗎……那…是像這樣？」

桐乃用手指擺出橫向的V字型然後移到眼睛旁邊，眨了一下眼睛後開口說：

「呀哦～☆我是『夜魔女王』♪各位，我從地獄裡過來囉(’-^*)」

「女王才不會說那種話！」

黑貓氣憤地大聲說道。這傢伙也是一提到mascherа就有莫名的堅持。所以現在已經完全抓狂了。

「嗚……嗚……我……我真的要把妳幹掉囉……」

「我才想說妳那根本就不像阿爾嘛。阿爾她才不會說『把妳幹掉』呢。」

「我……我……本來就沒打算完全變成那個角色了……」

「不是說完全變成那個角色才是cosplay的真正樂趣嗎？」

「嗚……那……那是……」

自己剛才說出口的吐槽，現在就像迴旋鏢一樣回到自己身上。看見一時語塞的黑貓，桐乃臉上浮現了簡直就跟加奈子一樣的淺笑——

「來啊～妳學阿爾講話看看。之前的活動裡面應該有聽過阿爾的台詞了吧？」

「才……才不要……為什麼我……非得要說那種丟臉的台詞不可呢……」

啪嚓。啪嚓。

面對眼眶含淚的黑貓，桐乃不斷按下手機上相機的快門。

「什麼時候拿手機出來的……為……為什麼要拍照！」

「哎呀，難得有這種機會嘛～」

「快……快住手……」

啪嚓。啪嚓。

「都……都說要妳不要拍了……妳沒聽見嗎！」

「妳那身cosplay造型如果做成寫真集的話，在comike裡面一定會大受好評。」

我什麼都沒聽見哦。因為黑貓現在的反應實在太可愛了，所以雖然覺得她很可憐也還是不想制止桐乃。桐乃則是拚命地拍著黑貓cosplay的模樣。

這傢伙嘴巴雖然壞，但她可是最喜歡黑貓了。

「呼──……滿足了。」

桐乃像是結束什麼辛苦的工作般擦著額頭的汗水。另一方面被拍了一大堆cosplay照片的黑貓則是已經整個人縮成一團蹲坐在地上。可以看見她已經羞紅了臉。明明是個cosplayer卻還那麼怕羞，這到底是怎麼回事？

「喂，桐乃……」

「什麼事？」

「我cosplay的模樣如何？很帥對吧？妳可以叫我哥哥大人唷？」

穿上cosplay服裝後人也跟著大膽了起來，讓我直接就說出平時不敢講的話來。

「好啦好啦，很適合很適合。」

但桐乃卻回答得相當隨便。

「喂——妳根本連看都沒看吧？給我看仔細一點啦，笨蛋！」

不要老是只看黑貓好嗎？也稱讚我一下啊。

「啊——真是……像你這種就是煩人cosplayer的典型。唉……長得那麼平凡還那麼自戀，真是沒救了……」

「…………………」

就妳最沒資格說我自戀。

「倒……倒是沙織怎麼了？」

「咦？她好像說我出來之後才要開始換衣服。」

「這樣啊——」

「剛才也忽然就說要cosplay……她今天怎麼好像有點怪怪的……」

「是啊。」

剛才的沙織確實有點奇怪。但是不知道為什麼，我大概可以猜出她那個「微笑」的意思。
因為看見戴太陽眼鏡以及一身生存遊戲打扮的「香織」後，我就注意到一件事。
那傢伙——應該是個大美人。
她常常很有自信地說「在下的美貌」等等的話，原來不是在開玩笑。
所以沙織剛才之所以會露出那種笑容，一定是準備在我們面前露出真面目來嚇我們一大跳
——我覺得她應該是這種想法才對。
當然我也還沒忘記她羞於讓我們看見真面目這件事。
不過，或許就是因為這樣她才會提出要「cosplay」吧……？
我想對沙織來說，一定是有「可以露出真面目又不感到害羞的cosplay」，才會準備以那種姿態出現在我們面前。
如果真是這樣的話，按照她的預想乖乖嚇一大跳可就太沒用了。我想桐乃和黑貓一定會嚇到吧，但不論沙織以什麼模樣出現在我面前，我也絕對不會產生任何動搖。哼哼，可惜妳的計畫要失敗囉。
「啊，可能是沙織來了？」
桐乃的聲音響起。接著便是開門的聲音。
好……來吧！放馬過來吧沙織……！我絕對不會有任何反應！

「——讓各位久等了。」

「妳是誰啊——！」

什麼？難道是沙織？這傢伙是沙織？這個身穿優雅制服的……大小姐？糟糕了～～～！沙織真的太誇張了。怎麼可能有這種事。太恐怖了。總之就是個美人，超級大美人！

而且外表看起來已經不是光用大小姐就可以形容了！她散發著不食人間煙火的仙女氣息！太猛啦！你們看那一頭柔順的頭髮，還有媲美超級模特兒的臀部胸部與大腿！

一般來說只是摘下眼鏡不可能會產生如此劇烈的變身效果才對！又不是在玩十八禁遊戲。所以就算再怎麼改變形象，也應該還認得出是本人才對。但沙織就不同了，完全看不出她原本的模樣，連聲音都不一樣了。總之呢，真的很想讓你們也看看這個忽然出現在我眼前的超級美貌大小姐！

「喂……你這樣也太誇張了一點。」

在旁邊的妹妹已經看不下去了。

……但我真的快被嚇死了嘛……

雖然已經做好會有美女出現的心理準備，但心裡還是殘留著一點沙織的真面目不會是33ω吧的想法。真……真沒想到竟會是如此的美人……

「這……這根本不是扮裝……可以說已經到達『變身』的領域了！」

黑貓的身體也因為戰慄而僵硬，只是一直凝視著產生巨大變化的沙織看。

看到我們的反應之後，做了「大小姐cosplay」的沙織用手遮住嘴角，露出了相當有氣質的微笑。

「看見你們這麼震驚，我也感到相當高興。這麼一來，讓你們看見這麼丟人的模樣也就值得了。」

接著她便抓住裙子的兩端，行了個帶有古風的禮。

「京介大哥、小桐桐小姐、黑貓小姐。初次見面，我的名字是槙島沙織。」

「那是——妳的本名？」

「是的。」

她稍微低下頭來做出同意的姿勢。這種動作實在是太過於優雅，明明看起來比平常還要像在演戲，但就是給人相當自然的感覺。似乎這才是她本來的面貌。

「話說回來，這是來這裡途中看見的那間學校的制服吧……」

「……妳這模樣——真的是cosplay？還是說……」
桐乃和黑貓以仍然有些動搖的聲音問道。
「呵呵……」
沙織只是帶著深意地微笑了一下，但沒有從嘴裡說出任何答案。
黑貓也因此沒有把問題說到最後。但是——

「初次見面，我的名字是槙島沙織。」

我已經完全感受到沙織的心意了。我想桐乃和黑貓一定也跟我一樣。
沙織環視了一下穿上cosplay服裝的我們。
「這些衣服真的非常適合各位。」
「沒妳那麼合適。」
「謝謝你……」
別……別緊張。不過看到那種美麗的臉龐對自己微笑……怎麼可能不心跳加速呢……
沙織也面紅耳赤地笑著說：
「但還是有點不好意思。」

「……哼……這是妳自作自受。妳之前曾強迫我穿上女僕裝對吧?妳現在應該知道我當時的心情了吧?」

「呵呵,那個時候兩位都欣然換上衣服了不是嗎?」

「是那樣嗎?就算我是自己決定讓人看見那種模樣,但感到害羞的心情還是不會改變。」

「說的也是。」

哈哈,看來我「因為露出真面目很令人害臊,所以便利用cosplay來減輕那種感覺」的預測是完全猜錯了。這時的沙織跟剛才用手遮住臉時一樣感到害羞,但還是硬撐著把真面目呈現在我們面前。至少我是這麼認為的。

「像這樣各自穿上cosplay服裝然後彼此欣賞……確實是讓人感到很不好意思。」

「會嗎?我怎麼一點都不覺得。不過心情有點亢奮就是了。因為本小姐和你們不同,我可是超級可愛呢!」

「嗚……」

好啦好啦自戀狂。像妳這樣當然不會覺得不好意思啦。

不過呢,我不得不在心裡說一聲,打扮起來絕對是我比較像動畫當中的角色。

絕對是我比較帥啦。

雖然沒有人懂得欣賞,但這場比賽一定是由我獲勝了。哼,知道我的厲害了吧。

這時候沙織像是看透我內心想法般如此說道：
「京介大哥的漆黑就跟原角色一模一樣，實在是非常帥氣。我都快為你著迷了。」
「咦？真……真的嗎……嘿嘿……」
糟糕，這可真令人高興。終於……終於有人誇獎我了！
「小桐桐氏的『夜魔女王』雖然與原角色有著完全不同的氣氛──但也就是這樣才突顯出她的可愛。」
「我就說吧？妳倒是很懂得欣賞嘛。不是跟原角色相像才叫做cosplay啦！」
「是的。不愧是小桐桐小姐。實在相當了解箇中原理。」
講話的用字遣詞還殘留著扮成御宅族時的味道。
「而黑貓小姐呢──」
「什……什麼嘛，別一直盯著我看。」
被沙織上下看了一遍之後，黑貓的臉馬上就紅了起來。
「……是既煽情又可愛的阿爾……可以說是非常引人遐思的模樣。」
妳是色老頭嗎？
黑貓像是已經無法忍受般開口呢喃道：
「……妳的基本性格壓根沒有改變嘛！」

「哎呀，是這樣嗎？」

沙織將手放到展露微笑的嘴邊。

我認為……cosplay這種東西呢，首先就像我剛才光是看著鏡子就感到相當興奮那樣，能變身成「與平時不同的自己」這點就相當令人愉快了。如果扮演的是自己喜歡的角色則愉快的程度又會倍增。

以cosplay的模樣出現在別人面前或是拍下照片並且沖洗出來，可以說與製作同人遊戲或是創作同人誌一樣，也是一種自我表現的行為。

所以說啦，就跟社團活動的時候一樣。與其自己一個人cosplay，倒不如——

「各位——等一下我們一起拍照吧？」

「嗯嗯，說的也是。」

「好吧——今天我就來個失血大放送，免費讓妳拍照吧。」

「嗯……我也沒有拒絕的理由。」

大家一起來會開心多了。

我們全部人都穿著cosplay服裝，彼此相視而笑。

雖然現在覺得很不好意思，而且之後見到照片時一定還是覺得很害羞，甚至只要一談到這個話題便會產生同樣羞澀的心情。但我們也就這樣，擁有了一個共同的回憶。

互相品評對方的cosplay模樣根本像小孩子才會做的事，而且還羞死人了。

或許一般人都會有這樣的反應吧。我也不打算提出反駁。

但是，我實際做過之後——

感覺倒是挺不錯的。

如果只是過著一般的生活，是絕對不可能有這種體驗吧。

「倒是呢，我有件事一直想要問你們……」

當我的思緒到此告一段落時，沙織這麼對我問道。

「嗯？什麼事？」

「你們今天為什麼會來這裡找我呢……？」

「那是因為——」

由於沙織詢問我時臉上的表情相當認真，因此我也沒辦法含糊把問題帶過。

轉頭往後面看了一下之後，發現桐乃和黑貓一起點了點頭。我知道了啦……

「之前見到妳時，妳好像沒什麼精神，所以……」

「還是第一次看見妳那個樣子。當然會有點擔心啦。」

「哼，雖然妳覺淂一定已經瞞過我們了。但妳以為我會沒注意到？」

我率先開口後，桐乃和黑貓也接著吐露自己的心聲。

「難道說……你們是擔心我？然後特地從那麼遠的地方來到這裡？」

「幹嘛一臉不可思議的表情。看見朋友無精打采，當然會擔心啊。當我因為桐乃出國而感到沮喪時，妳不也大老遠來到我家安慰我嗎？」

「嘿～原來我不在讓你感到很沮喪啊？」

「少囉唆！現在我在說重要的事，妳不要插嘴好嗎！」

啊，我這個笨蛋！她本人在這裡啊！

還笑嘻嘻的！別在那邊給我嘻皮笑臉！

「總……總之——這樣就算扯平了！之前受到妳那麼多照顧——應該說，就算妳沒照顧我好了，只要看見妳悶悶不樂我就忍受不住啦！偶爾也該由我們幫妳做點事吧！」

「京介大哥……」

沙織將雙手交叉於胸前，晶瑩剔透的雙眸顯得有些濕潤。

就跟妳說別再做出這種表情了嘛……！這樣我對妳的良好印象只會不斷增加……！

何況我對妳的好感度原本就已經破表了啊……！

「好痛！」

妹妹忽然拉住我的耳朵，而黑貓則從後面往我的腳踝踹了下去。

「妳——妳們兩個在做什麼？」

「幹嘛一個人在那裡羞答答的啊！噁心！噁心噁心噁心！」

「沙織的真面目超乎想像的美麗，看她的眼神馬上就改變了，你這下流的雄性生物！」

「呵呵……嗚……呵呵……」

沙織開始捧腹大笑起來。

「啊哈……啊哈哈——」

「又……又怎麼了嘛？」

「沒事……沒事……只是壓根沒想到，竟然有一天會以這種模樣出現在各位面前而已。」

沙織剛才那番話，就跟黑貓告訴我本名時所說的差不多。

「這倒是。」

這麼說起來，都已經認識超過一年以上了，我對於妳的事情卻還是一無所知。在網路上認識之後就一直以暱稱來叫妳，今天之前根本連妳摘下眼鏡後的樣子都沒見過。

彼此的家離得這麼遠，也不可能像黑貓一樣跟我讀同一所學校。

如果我們今天沒有突然到訪的話，就不會有得知沙織本名和真面目的機會了吧。但想到這裡，就覺得這對沙織來說會不會是一種困擾呢——

「我很高興能夠因此而更了解妳一點。」

「…………是啊。我也很高興能讓你們更加了解我。」

沙織點了點頭。接著依序看著我們的臉。

「我可以說些關於自己的事嗎？」

沙織對我們說的，是關於她過去的事情。

「其實，這棟大樓裡所有的物品並不是全部都屬於我。」

「那麼是？」我回應著沙織。

「裡面也參雜了我姊姊以及——她朋友寄放在這裡的東西。」

「妳真的有姊姊啊。那也就是說——」

「是的，我剛才假扮的那個『角色』就是根據我姊姊而來。她的名字是槙島香織——興趣是生存遊戲以及模型，是個很男性化的奇怪女孩。」

想不到那種打扮和口氣真的是模仿自她姊姊。

「姊姊和她朋友常常在一起玩生存遊戲、一起欣賞動畫、製作模型……也經常一起到秋葉原去玩。她們一起蒐集著迷的模型槍與公仔等御宅族商品——」

「原來如此。受到兄弟姊妹的影響而喜歡上宅物可以說是常有的事。」

黑貓也同聲附和道。

就是啊。我會開始玩十八禁遊戲也都是受到妹妹的影響。

沙織像是回想起美好回憶般微笑了起來。

「是啊……一直以來我也都跟她們混在一起。真的——大家的感情都很好唷！就好像現在的我們一樣。」

「這樣啊。」

「不過現在已經各分東西了……」

「為什麼？」

喂，桐乃……這樣直接問真的沒關係嗎？

雖然心裡有這種疑問，但沙織還是保持著沉穩的微笑接著繼續說道：

「是因為各種理由。」

沙織有些寂寞地說。

「當中最主要的理由應該是，集團的中心人物也就是我姊姊結婚然後到國外去了。看起來相當堅固的人際關係，只因為少了一個主要的人，竟然很簡單地就崩壞了。」

少了一個人嗎——好像在哪裡聽過這句話。

這確實是桐乃消失時，這傢伙曾經說過的話。

「集團當中——有人在轉學的學校裡交到了不是御宅族的男朋友，於是便交代把同人誌和模型等東西都處理掉。高中畢業之後就到德國去留學的人……則為了專心在研究上而拋下最喜

歡的遊戲與漫畫就離開日本。也有人因為常去的生存遊戲場消失了而將玩樂場所轉移到別的地方去。好朋友們就像這樣一個接一個離去……曾幾何時就剩下我一個人而已。只有大家交代給我的收藏品與快樂的回憶殘留下來。」

沙織用手指比出槍的形狀，然後「磅」一聲朝虛空開了一槍。

「所以我偶爾得陪它們玩一下才行啊。不然這些孩子也會很寂寞的。」

……我看寂寞的應該不是這些收藏品才對吧。

「其實朋友呢，不是永遠都會待在你身邊的」——

原來如此。所以桐乃一句話都沒說就跑去留學時，沙織才會那麼生氣嗎？

桐乃應該也注意到這點了吧。她臉上出現很不好意思的表情。

「當然我也告訴自己這是沒辦法的事。雖然我真的很喜歡那些朋友——但那些人終究只是因為被姊姊的魅力吸引而聚集起來的。所以當姊姊消失時，所有人各分東西也是理所當然的事。」

沙織的聲音聽起來像已經快哭出來一樣。很難想像總是開朗大笑的她也會有這種時候。

但她又堅強地抬起頭來，接下去說道：

「然後……有一天我忽然有了這種想法。我也要像姊姊一樣來組織一個集團，並且成為中心人物。這麼一來，只要我不消失……只要我可以集合眾人，不斷維持這個快樂的社群……這樣朋友就會一直陪伴在我身邊了。於是我就——」

「製作了SNS的社群……然後與我們相遇了？」黑貓如此說道。

「是的。我當時可是鼓起了最後一絲勇氣唷……一直擔心消極又低調的我怎麼可能成為領導眾人的代表呢……」

「唉啊，真不好意思。其實這次是在下第一次擔任網聚的主辦人——在下想讓來參加的人都喜歡在下，即使是只有一點點的好感也好。所以在下才卯起來試著做了和御宅族領袖相符的形象。」

……我記得她曾經說過這種話。

一身奇怪的打扮還自稱「在下」，當時真的覺得這傢伙是不是腦袋有毛病。

沙織這傢伙……那時候其實也是硬撐的嗎？

結果因為過於想要表現而變成這種模樣。

搞什麼啊。原來是這麼一回事嗎……我百感交集地這麼說道：

「妳這大小姐真是個笨蛋……」

「我的確是個笨蛋大小姐。」

她的眼睛變得像彎月一樣，接著不好意思地搔著臉頰。這種動作就跟往常的沙織沒有兩樣——雖然外表不同，但她無疑是我們的那個好朋友。

「不過呢，夏Comi的時候我看妳好像很熟悉這種活動，會場裡面也有許多熟人——完全沒有硬撐的模樣啊。」

「那些只是我從姊姊那裡繼承過來的人脈以及與父親有工作上關係的人。我自己組織起來的關係就只有那個社群而已。如果看起來像很熟練的話，那就是我的演技順利騙過你們了。」

「原來是那樣……」

唉~~~這傢伙真的是哦……

「妳以為我們也會消失不見嗎？」

「因……因為妳不就忽然消失了嗎……」

「嗚……」

笨蛋桐乃。妳最沒資格提這種問題啦。

「我暫時都會待在這邊啦。而且，今後如果我又要離開的話……」

桐乃斬釘截鐵地這麼說道：

「我也不會放棄我的興趣。當然不會捨棄和妳的友誼。有問題嗎——？」

「……我也說過好幾次了，我的朋友很少唷。哼哼哼……妳別想輕易從我的『詛咒』裡逃脫。」

黑貓又拐彎抹角地說出自己的真心話。

「——就是這樣。未來的事情雖然還不清楚，但目前為止妳沒有什麼事情好擔心的。我除了很喜歡妳之外，預定要唸的大學也不會太遠，應該不至於會見不到面吧。」

我最後也向她說出了自己的心意。

「……我知道了……！」

沙織一邊笑，一邊用手指擦去眼淚。

「喂……喂……妳別哭嘛……」

「因為我實在太高興了……雖然不是我所企劃的活動，但我真的很感動……」

這倒是真的。仔細一想，到目前為止什麼事情都是交給妳做。每次要出遊都是妳一個人幫我們訂定所有的計畫。現在她這麼高興我們反而覺得有些不好意思。

黑貓把手帕遞給沙織。

「妳感謝我們反而讓我們覺得不好意思。因為我們只是——做我們自己想要做的事情而已。」

這是沙織在幫忙我們時，像口頭禪般不斷重複的一句話。

桐乃臉上也浮現惡作劇般的微笑然後說：

「快點啦！難得大家都穿上cosplay服裝了——」

「不是說要一起拍照嗎？」

於是這一天，我人生當中又有一段新的黑歷史誕生了。

每當看見照片時就會說不出話來，然後想起那令人害羞的回憶。

我想這應該會成為我一輩子的回憶吧。

第四章

莉亞．哈格麗是桐乃到美國留學時的室友，她是個年僅十二歲的小女孩。

桐乃說她是——「世界上腳程最快的小學生」。

也是能讓在中學田徑縣大會上有優秀表現的妹妹說出「我根本比不上她」的超級明星。

她有著散發出活力的褐色肌膚、充滿彈性的修長雙腿。並且將一頭光澤鮮豔的黑髮往後綁成馬尾。嬌小又可愛的她擁有成為明星的特質，媒體亦將她譽為「天才少女」並且不斷吹捧。

但是我個人對「天才」這個字眼並沒有多大的好感。過去我曾以為是天才的傢伙，其實只是比平常人還要多付出一份努力而已——雖然這也算是值得誇獎的才能就是了——但那傢伙只是個凡人，而且我開始覺得只用「天才」兩個字，便將她長時間所流的汗水以及累積起來的努力一筆帶過是件相當失禮的事。

那傢伙是和我不一樣的「天才」，比不過也是理所當然的事。

像這種丟臉的說法，只是為了安慰懶惰的自己而拿出來的藉口罷了。沒有付出同等努力的我，根本沒有資格隨便說出這種話。

話雖如此，才能這種因素確實是存在於世界上。

優秀的體格、傑出的運動神經、高人一等的智慧、完美的容貌。極少數人天生便能擁有這絕對無法改變的才能。從另一種角度來看，我的妹妹其實也屬於這種人。不然就算她有比別人多出數倍努力的這種精神支柱，也無法顯現出如此多的才藝。其實也不用講得那麼複雜，光是那傢伙的「外表」本身就是天賦才能的結晶了。如果那種外表是光靠努力就能獲得的話，世界上所有女性一定會氣得大罵「別開玩笑」了吧。

唉唷，似乎有點離題了。

總而言之——關於「跑步」這件事情，我妹妹其實並不足以被稱為天才，所以當然絕對比不上天生就有一雙飛毛腿，而且比桐乃更加努力練習的莉亞了。

但是桐乃卻曾經贏過一次這個「絕對比不上的對手」。

沒辦法跟上由世界各地集合起來的精英，放棄美國留學而回到國內的桐乃唯一得以報一箭之仇的對象，竟然就是這個莉亞了。

至於為什麼桐乃能夠顛覆常理贏過這個實力遠超過自己的對手呢？

其實我到現在也還不知道原因。

還是先別說這種嚴肅的話題了——我們來談談關於蘿莉控的事情吧。

……………………等等！我可是認真的！

先聽我解釋，這在某方面來說可是比剛才還要嚴肅的問題呢！

Lolita complex——對於幼女、少女的性癖好或者是戀愛感覺。是根據弗拉基米爾・納博科夫的小說《蘿莉塔》而來的名詞。

我們將這名詞簡稱為蘿莉控。如今已是經常被使用的名詞，所以大家應該都有聽過才對。

而對社會大眾來說，蘿莉控應該是個給人相當惡劣印象的名詞。

怎麼樣都會讓人聯想到「兒少法」，而且一提到蘿莉控就不知道為什麼馬上會被認為是性犯罪者。就連被人冠上加●比海.com、性騷擾學長等等難聽綽號的我，也絕對不想被人叫做蘿莉控。

雖然那個死小鬼——加奈子把我當成蘿莉控，但那其實是天大的誤會。

要說有什麼證據嘛，就是我之前不論是看見加奈子的內褲，還是在她身上各個地方又搓又揉的也都沒有任何感覺不是嗎？

沒錯，我絕對不是一個蘿莉控。

真要說起來，我其實是喜歡像綾瀨那種有成熟氣息的女孩子。

如果把我認識的女孩子做個排行的話——

小綾瀨>>>>>>>>>（～無法超越的天使之壁～）>>>>>>>>>>>>>>瀨菜>>>（～無法超越的巨乳之壁～）>>>Fate小姐>>布莉姬>>>>>>>>>>>>加奈子。

大概就是這個樣子。我想這樣大家應該就能了解了吧。

可能是有個不怎麼可愛的妹妹吧，對（外表）看起來年紀小的女孩總有些偏見，內心一直會告訴自己要避之大吉。

心裡一直覺得不需要妹妹，不過倒是還滿想要有個姊姊的。

但是呢……確實我玩的十八禁遊戲大概都是蘿莉系的插圖。

只是那不是因為我有興趣才玩的，而且如果要以這件事來把我當成蘿莉控的話，那我妹妹比我更應該被叫做蘿莉控才對。

當然實際上桐乃不是蘿莉控而是個妹控。

至於蘿莉控和妹控之間有什麼差異嘛，我們現在先不談。

因為現在不是談那種事的時候。

前言就先說到這裡——該是要進入嚴肅問題的時候了。

我之所以會忽然在這裡主張「我絕對不是一個蘿莉控」的主要原因是——

是的。

現在就有個小學生左右的女孩子一絲不掛地站在我眼前。

「……」

我不由得凝視著她。

少女光明正大地屹立在我們家玄關，可以看出她有著一身光滑的褐色肌膚。

一看就知道她不是日本人。

可能是剛洗好澡出來吧，身體和黑髮仍然有點潮濕。此外全身上下還冒著白煙。雖然一隻手拿著浴巾，但完全沒有用它來遮住裸體的意思。

由於她有一半背對著我，所以還沒注意到我的存在。

身高雖然不高但修長的雙腳與優美直挺的背部曲線卻讓人留下深刻的印象。

「……為……」

為什麼我才剛回家就得在這裡對少女的裸體做出評論呢……？

站在玄關的大門前，連鞋都還沒脫的我只能張大了嘴呆立在當場。

「……………………十八禁遊戲什麼時候已經進化到這種地步了？」

想不到我竟然會說出這種沒腦的話來。

但真的很希望大家可以了解我為什麼會如此震驚。

簡單來說，就是當你從學校回家說了聲「我回來了」而打開大門，然後馬上就遇見這種狀況！我想大家可能還是聽不懂我的說明，但拜託你們等一下好嗎？

我剛才的呢喃讓她轉過頭來看著我。

「啊……」

少女那深褐色的瞳孔看見我之後便瞪得老大。這種老掉牙的突發事件裡女主角通常會放聲大叫，但她卻……

「耶嘿嘿……」

全裸少女就這樣對著我浮現了滿臉的笑容。

「唔……」

那是個會讓人不由得著迷的魅力笑容——不對，現在不是著迷的時候！

好不容易恢復正常的我，用手掌遮住眼睛然後對著少女大叫。

「妳……妳在幹什麼……！快……快把身體蓋住！」

「嗯？身體？」

聲音聽起來像是嚇了一大跳。雖然好像聽得懂日文，但這傢伙絕對不了解我的意思吧？

這下可糟了！如果這種時候被人看見的話——

「莉亞！妳是笨蛋嗎！我不是常跟妳說要穿好衣服才出去！光著身子站在那邊，等一下如果有人回來該怎麼辦！」

我對妹妹的聲音產生反應後，無意識之中便將手放了下來。這時候出現在我眼前的場面是

只包著浴巾的桐乃正好要從脫衣處走出來。

「咿……！」、「咦……咦……！」

眼神對上之後彼此的身體都僵住了。而我的思緒更是整個凍結，根本沒辦法辨認出眼前所見到的東西。

緊接著——

包裹著浴巾的摺疊處又在這時候忽然鬆開……

「哇……呀啊啊啊啊啊啊啊啊啊啊——！」

妹妹羞恥的尖叫聲響徹於整個家中。

好了。就趁我被妹妹完全殺死之前，跟各位說明一下整件事的經過吧。

時間必須稍微往前推一點，但妹妹是在目擊了沙織「真面目」的當天晚上說出了這件事。

「爸爸，最近會有個在美國很照顧我的朋友來日本，可以讓她寄宿在我們家嗎？」

這時是我們全家人一起吃完晚飯之後。

老爸點了點頭後低聲說道：

「寄宿就是說……暫時讓妳朋友住在我們家裡嗎？」

「嗯。」

老爸雙手環抱胸前發出「唔」一聲後思考了起來。老媽則在旁邊敲邊鼓說「爸爸，你就答應她嘛？」這個人老是站在桐乃那一邊。不過看來老爸原本就不打算反對了。

「好吧。如果對方已經取得父母同意的話那就可以。」

「太好了！謝謝爸爸！」

桐乃雙手合十，露出了高興的表情。我想這應該不是她的演技才對，因為這傢伙在老爸面前倒是還滿老實的。

但她這個突然提出的要求其實還是有些地方讓我有點在意。

所謂「在美國很照顧我的朋友」，也就是桐乃比不過的那群人當中的一個對吧？和那種傢伙再度見面難道都不會感覺痛苦嗎？

至少如果是我的話……就絕對不會再想見到那些打敗我的傢伙。因為那太讓人不爽了。

「……你在看什麼？有問題的話就說清楚啊……？」

不過既然是這傢伙自己提出來的要求，外表看起來也是充滿期待的樣子，我也就不用多替她擔心了。更何況就算我提出反對也沒有用吧。隨她高興好了。就這麼決定——

「是沒問題啦。只是覺得既然要住到家裡來，當然還是希望對方是個可愛的女孩子囉。」

由於不能把真正的想法說出來，我只好隨便講了個藉口。

結果桐乃竟然用看穢物的眼神瞪著我說：

「你要是隨便亂來我一定會把你幹掉！蘿莉控……」

「……蘿莉控？喂，那又是怎麼回事？」

但桐乃卻完全無視我的提問。這時老爸竟不顧我蒙受這不名譽的毀謗，對著桐乃問道：

「桐乃。妳的朋友是怎麼樣的女孩子？」

「她的名字叫做莉亞。看，就是這個女孩。」

桐乃拿出事先準備好的雜誌給我們看。那似乎是本田徑相關的雜誌。

哦哦～原來就是這樣她才會罵我蘿莉控啊。

桐乃打開的頁面上，刊載著我曾在新聞上見過的臉孔與姓名。

上面寫著……田徑場上的妖精——莉亞・哈格麗（十二歲）。

此外還有一張穿著田徑短褲的女孩子正在做伸展操的照片。綁著馬尾的女孩有著一身健康的褐色肌膚，還有一雙修長結實的腳。如果血統優良的純種賽馬變身成人類女孩的話，一定就是像她這種樣子吧。

「這個女孩……就是妳曾經贏過她一次的……」

「對。」

桐乃很冷淡地回答了我。接著又用相當開朗的聲音對全部人說：

「我們在美國是同一個房間的室友。我們的感情很好——嗯，可以說……」

桐乃發出「耶嘿」的笑聲之後接著說：

「像是我的妹妹一樣。」

原來如此，這樣我就懂了。

妳這傢伙既然是要和妹妹重逢……當然就不會覺得痛苦了。

原來是這樣啊……

桐乃當成妹妹的女孩要到這個家裡來了嗎？

這不就有點像是「ｉｆ的假設句」嗎？

而現在就是——「如果桐乃有妹妹的話會是什麼樣子」。

而這個假設再延伸下去也可以變成「如果我還有一個小妹的話會怎麼樣」……老實說光有桐乃一個妹妹就夠我受了。

接下來將會有「桐乃的妹妹」到高坂家來。

而我現在已經開始想像她來了之後會有什麼狀況發生了。

幾天之後——

「給我出去！」

「喂……喂……剛才的是不可抗力……」

「我才不管呢，給我出去啦變態！馬上從家裡給我滾出去！」

——目擊「桐乃的妹妹」的裸體之後，我便遭到這種可怕的待遇。

到底在搞什麼啊！而桐乃在連續踹了我好幾下之後，便拉著全裸的莉亞逃進脫衣處，迅速穿上衣服後又回到玄關來。然後又對我說：

「不要再回來了！」

她含著眼淚用力推著我。

而我這時候依然呆立在玄關，連鞋子都還沒脫下來。

「等等！等一下嘛，桐乃——」

這太沒有道理了。為什麼我才剛回家就得受到從家裡永久放逐的對待呢？

我想經過說明之後大家都已經了解事情的來龍去脈了吧？所以應該知道我根本沒做什麼壞事才對。都是沒把浴巾裹緊的桐乃以及裸體便從脫衣處跑出來的那個小鬼——莉亞的錯吧？

「說起來你為什麼總是——」

我一邊隨便聽著妹妹的抱怨，一邊往走廊裡面看去。

這時候褐色肌膚的少女——莉亞從脫衣處露出稚嫩的臉龐看著我們兄妹吵架的樣子。

「嗯…………」

她一邊用吹風機吹著頭髮，一邊用充滿興趣的眼神看著我。

讓我有點驚訝的是，她的視線竟是那麼天真無邪，似乎對我完全沒有警戒或是厭惡的負面感情。至少我是這麼感覺。

她好像還在換衣服，因此可以稍微瞄見她露出來的鎖骨。

明明剛剛才和我有了「最糟糕的首次見面」……

這個小鬼難道沒有羞恥心嗎……就算是小學女生，也應該有男女有別的這種感覺了吧？

「那邊的蘿莉控！我講話的時候你在看哪裡啊——嗚！」

發覺我視線的桐乃，往後一轉身馬上就看見了莉亞。

「莉……莉亞！妳怎麼還是那種模樣！」

「啊哈，桐乃好恐怖——」

「吵死了！快把衣服穿上！」

桐乃用非〜常抓狂的聲音罵著莉亞。

挨罵的莉亞在發出「嗚咿——」的聲音後便把頭縮了回去。

嗯？剛才的對話是怎麼回事？

我想一定有不少人和我一樣感到疑惑吧。

因為……

「我們的感情很好——嗯，可以說……像是我的妹妹一樣。」

桐乃不是這麼形容莉亞的嗎？

所以我才會想像這個無可救藥的「萌妹」兼「妹控」的妹妹，一定會將莉亞像十八禁成人遊戲裡出現的妹系角色那樣疼愛才對。結果這兩個人的關係卻完全不是那麼回事。

「啊哈——桐乃，妳為什麼要那麼生氣呢——？」

「我當然會生氣啊！莉亞妳別管！還有，都是因為大白天的妳就說『我從機場跑過來所以流了一身汗』才會造成這種事！」

「但那是桐乃自己說要跟我一起洗的啊。」

「是……是沒錯啦！」

這簡直就像——「真正的姊妹」一樣嘛。

這傢伙連對學校的朋友都沒用這種態度。

雖然很在意這一點，但還是無法對正在氣頭上的妹妹提出這個問題。

這問題還是之後再問吧。於是我雙手合十然後對著妹妹說：

「真的很抱歉啦！桐乃——原諒我吧。」

「……咦？你怎麼還在？我不是叫你給我滾出去了嗎？可不可以快點消失啊？」

嗚啊——妳這傢伙給我差不多一點。

由於對方實在太不講理，讓我也開始有點火大了。

「我不是一直道歉了嗎！也跟妳說過這是突發事故！誰要因為這種無聊的小事離開家門啊！」

「你——你……在說什麼……無聊的小事……這什麼意思！有……有膽再說一遍！你到底知不知道自己剛才對我做了多過分的事——？」

「完全不知道。就算看見妳的裸體又怎麼樣，根本不會有任何感覺啦——因為我們是兄妹。少在那邊自我感覺良好了。」

我嘴裡丟出這麼一句話之後……

「嗚嘰嘰嘰嘰……啊……嗚……嗚……」

桐乃氣得全身發抖，開始累積起大爆發的能量。看來我的發言是用力踩下她的地雷了。

啊——啊……看來這傢伙再過幾秒就要抓狂了。

自從妹妹回國以來，兄妹第一次真正的吵架。

而這時候的我也已經抱著全豁出去的心態。

這種一觸即發的緊張氣氛，卻被造成這種狀況的罪魁禍首——莉亞給打破了。

明明剛才還在走廊深處的脫衣處換衣服——不知何時（完全聽不見任何聲響）莉亞已經跑到桐乃背後了；穿著短褲和慢跑服的可愛童裝，頭髮也已經像在雜誌裡見到的那樣綁成馬尾。

明明是因為她我們兄妹才會吵架，但她卻一點都不在意的樣子。

莉亞從桐乃（爆發倒數計時中）背後伸出雙手，當我還不知道她要做什麼時……

「嘿！」

她便用力翻起桐乃的裙子。

桐乃發出「嗯啊——Σ(°Д°;)」一聲後便整個人僵住了。

停頓一下之後……

「哇呀！」

她才發出巨大尖叫聲並按住裙子。

桐乃迅速轉向背後一看，

接著馬上就發現莉亞邊嘻嘻笑著邊做出「成功了」的表情。

「啊……啊……啊啊啊……」

桐乃因為憤怒與羞恥而漲紅了臉，接著又轉身瞪著我說：

「你看見了？」

「沒……沒看見！」

我搖手否定著。但是桐乃當然不會相信我的說詞。

「騙人！你一定看見了！」

……為……為什麼我得和妹妹進行這種對話呢？我已經受夠了。看見不想看的東西，我也

很困擾啊。

這時我心裡已經做出被狠狠揍幾下的覺悟，但莉亞卻忽然從桐乃背後插嘴說：

「桐乃穿這麼緊的內褲，裙子底下都不會覺得涼颼颼嗎？」

「這……這死小鬼！」

桐乃整個人爆發，一邊轉身一邊揮出拳頭。從拳頭破空的聲音就可以判斷出這是毫不留情的一擊。

至於說有多不留情嘛，那大概就跟她在揍我時一樣狠吧。

「唉唷，沒打到唷——」

但莉亞當場便蹲了下來，輕鬆躲過桐乃的拳頭（仔細來講應該是右勾拳）。

而且……

「嘿！」

她就直接這麼跳跳跳地往後空翻了好幾圈。

可以說是足以媲美特攝英雄的輕快且無意義的動作。

雖然我不知道她是怎麼辦到的，但幾乎沒有發出聲音，簡直就像她根本沒有重量一樣。

「安全著地！」

莉亞就像個體操選手般流暢且漂亮地著地。

「可惡……！」

桐乃繼續衝了過去。利用加速度擒抱住對方。

連莉亞也受不了這一擊而被桐乃整個人壓倒在地上。

雖然我根本不想理她們，但從我這個位置上很清楚就能看見妹妹的內褲。剛才明明還那麼生氣，現在這樣也太隨便了吧。

「抓住妳了……！莉亞，妳給我差不多一點唷……！」

「嗚嘻嘻嘻嘻！等等，桐乃，不能搔我腋下啦！」

「妳給我好好反省！從剛才就不斷對人惡作劇，妳到底是想幹什麼？」

「因為桐乃妳為了我而在發脾氣嘻嘻！哈哈！一直都在跟哥哥吵架啊哈哈哈！不……不行了！饒了我……！」

經過桐乃不停搔癢之後，莉亞臉上出現又哭又笑的表情並且快喘不過氣來了。

看起來就像把被黑貓搔癢時的痛苦經驗完全拿來應用在別人身上。

不過原來是這樣啊。

莉亞之所以會翻裙子，完全是為了讓桐乃把憤怒的矛頭轉向她嗎？

看來這個小孩也不是完全沒有大腦。託她的福（不過說起來原本就是她害的），讓桐乃對我的怒火就這麼無疾而終了。

我們兄妹沒有因此而大吵一架這點，就算是她的功勞囉。

「算……算了。唉……每次生妳氣的時候，都會覺得自己越來越像個傻瓜一樣。」

桐乃以無奈的聲音說完後便不再搔癢。妳剛才那句正是我每次都想對妳說的話。

莉亞好不容易從地獄的痛苦當中解放出來後……

「呼——得救了。」

馬上就安心地呼了一口氣。

她緩緩撐起身體，用手揉了揉還殘留著眼淚的深褐色眼睛。

「莉亞，這裡有個變態蘿莉控在，所以在媽媽回來之前我們先到外面去吧。我介紹學校的朋友給妳認識。」

「嗯。」

什麼「嗯」嘛。自己展露身體給人家看然後把人家當成蘿莉控，我們家的兩個妹妹到底受了什麼樣的教育啊。

不過原本以為可以就這麼不了了之，但桐乃果然還是在生氣。

言行舉止可以說全部帶著尖刺。

「桐乃，莉亞想去東京鐵塔——！」

「好好好，之後會帶妳去。倒是妳才剛到日本而已怎麼還那麼有精神？不用調整時差沒關係嗎？」

「什麼是時差？」

這小鬼真是充滿了活力。

不是剛從機場跑過來嗎？

「那到我房間準備一下就出門吧。」

「莉亞已經準備好啦？」

「啥？哪裡準備好了？頭髮才剛吹乾就綁起來了！所以說妳啊——算了！我來幫妳整理好了，把東西拿到上面來！」

「好啦～嘖……真麻煩～～」

一個是嘴巴很囉唆的姊姊，另一個則是雖然覺得有點煩但還是仰慕姊姊的妹妹。

果然就跟一般感情很好的姊妹沒什麼兩樣——

「那邊的蘿莉控！你也快點給我滾出去！」

桐乃瞪了我一眼之後才爬上樓梯。

結果變成我和莉亞被留在玄關前面。而且我依然連鞋子都還沒脫掉。

……嗯，還是得想辦法跟莉亞說話才行……

現在氣氛很尷尬啊。忽然就被我看見裸體了……這下該怎麼辦才好呢？

我感到一陣猶豫。

「耶嘿嘿……」

莉亞對著我露出了微笑。

「那個——剛才發生了許多事，來不及自我介紹。My name is Ria！暫時要在這裡讓你照顧囉！」

真是個厚臉皮的小鬼。當然也有可能是她不太了解日文，所以不能全盤接收她所講的話。應該把它解釋為帶有善意的發言才對。

「……我是高坂京介。剛才真的很不好意思。」

「耶嘿，那點小事沒關係啦。要我再讓你看一次也沒關係唷？」

「不用了！」

妳是暴露狂嗎！

於是，我和莉亞的首次見面便在這樣的騷動下開始了。

雖然是忽然就見到她全裸這種衝擊性的見面，但不知為何她不但不討厭我，甚至還有一種很想親近我的感覺。

當然這或許只是我的錯覺而已。

總之——她應該是個開朗又奔放的傢伙吧。這點倒是首次見面就能感覺到了。

……感覺對莉亞的既定印象開始崩毀了。

比起在媒體上造成話題的天才田徑少女，感覺上更像是個隨處可見的好動小鬼。

而且還完全不怕生。

對了。比喻起來大概就像天才美少女版本的Rock吧？

不過我自己也不太喜歡這比喻就是了。

「快點看哪！大哥！我變成美少女了耶！」

嗚，光是想像就讓我有點想吐了。

當我按著太陽穴時，莉亞又用充滿興趣的眼神看著我。

「那個～……你這傢伙就是『桐乃的哥哥』對吧？」

「嗯嗯，是啊。」

這傢伙的日文雖然流利卻亂用一通。是誰教她的呢？

不論是布莉姬還是這傢伙，我周圍怎麼盡是些有語言天分的小孩子。

莉亞把食指放在嘴唇上開口說：

「這樣啊——嗯～～」然後就又微笑了起來。

「……怎麼了嗎？」

「嗯——？莉亞很想見到『桐乃的哥哥』唷。可以叫你京介葛格嗎？」

「隨便妳。喂喂，妳剛才說很想見我是怎麼回事？」

「嗯！我想你一定是個很棒的人！」

「唉～那不符妳的想像是不是很失望啊？」

「不會——就跟我想像中一樣！」

莉亞用力搖了搖頭。而我則是將視線錯開然後說：

「這樣啊。那真是太好了。」

「啊，你不相信我對吧——我說的是真心話呢……」

「是是是……」

我表面上雖然隨便答應過去，但內心其實產生了相當大的動搖。因為這是有生以來第一次有女孩子直接表達對我有好感。

而且也感受到莉亞確實是出自於真心。

再加上這時候她忽然就緊緊抱著我。

「我超喜歡葛格的！」

「嗚哦！」

為……為什麼剛才的騷動會造成這種結果？

「看——我沒有騙你對吧？」

「我又沒懷疑妳！喂……喂，快放手！」

「咦～？為什麼？有什麼關係嘛～」

「桐乃下來的話，看到這樣又會暴跳如雷了！」

我急忙把抱住我腰部的莉亞給推開。

唉～這小鬼真像十八禁遊戲裡會出現的角色。

還是說每個外國人都像她這樣喜歡誇張地表現出自己的感情呢？真不知道適不適合以日本人的感覺來接受她們這種表現呢……

說起來「超喜歡」這個詞，根本讓人搞不清楚代表的是like還是love。

……不過，到底是為什麼呢？

只要見到這傢伙，就覺得……胸口深處有種刺痛感。

這種感覺……到底是……

難……難道說……難道說我——

「今後要請你多指教囉，京介葛格！」

……隱藏在我體內的蘿莉控血液就這麼覺醒了嗎？

我一邊聽著莉亞講出時常在十八禁遊戲出現的台詞，一邊對自己的性癖好感到一抹不安。

當天晚上，我們家舉行了一場小小的莉亞歡迎會。

難得認真下廚做菜的老媽，煮出來的料理大受這個小房客的好評。看見用叉子吃著滷味，嘴裡不斷嚷著好吃好吃的莉亞，老媽竟然微笑著說「讓人想起桐乃小時候呢——」。另一方面，原本不擅於和外國人打交道的老爸也因為和莉亞見面而感到相當緊張，他那種樣子看起來真的很有意思唷。我知道老爸因為有外國人要來家裡寄宿而偷偷練習著英文，當他聽見莉亞用流暢的日語跟他說「請多多指教囉！大叔！」時，那一臉驚愕的表情實在是很值得欣賞。我好不容易才忍住不大笑出來。

順帶一提莉亞的日文好像是從桐乃那裡學來的。

「原本莉亞就已經會說一些日文了。」

「但還是得跟道地的日本人對話，才能真正把日文運用在生活上面！跟桐乃住在同一間寢室之後，莉亞的日文就變好了！」

「真的嗎？那太好了。」

原來如此。莉亞的日文之所以會帶著國中女生的輕佻口氣，始作俑者就是桐乃嗎？

「桐乃的英文不也變好了嗎？」

「是啊。因為和莉亞互相指導對方才能有這種成果。」

嘿～這麼說桐乃的英文也說得像莉亞的日文那麼好囉。

如果是這樣的話……那還真是令人佩服。到美國留學不到幾個月便鎩羽而歸的桐乃，結果卻練就了一身流利的英語回國了。不過沒有達成原來的目的，本人還是相當沮喪就是了。但我認為這樣去留學就很有收穫了不是嗎？

不過要是這麼說她一定會生氣，所以我還是別開口才好。

而歡迎會就這樣結束了——

我現在正在浴室裡回想著今天所發生的事情。

「不過話說回來——桐乃那傢伙還真是個稱職的姊姊嘛。」

光是回想就讓我不斷苦笑。我當然早就知道那傢伙很喜歡年紀比自己小的女孩子，但沒想到她會以那種態度將自己的喜好表現出來。

桐乃不是將莉亞當成自己萌妹的對象來疼愛，而是把她當成真正的妹妹來對待。

除了介紹朋友給她認識、陪她一起去慢跑、一起看電視，有時還會斥責她——可以說是以一個大姊姊的身分竭盡所能來照顧莉亞。

另一方面莉亞似乎也很仰慕如此照顧她的桐乃。

而且這個小鬼還可以毫不顧慮地對桐乃做出很調皮的惡作劇。

剛才的翻裙子根本還不算什麼，她甚至拿桐乃的內衣和內褲來給我看呢。而當她這麼做的時候，桐乃也會毫不猶豫地狠揍她一頓。

自從桐乃回國之後就經常對黑貓發動攻擊，說不定就是受到莉亞的影響吧？不然也沒有其他原因了！

「嗯，總而言之——」

沒想到我這個患有「萌妹」症的妹妹，和莉亞之間竟然能有如此健全的關係。

別把二次元和三次元搞在一起——桐乃她時常這麼說。

從這件事情上面就讓我完全了解她的意思了。

「……如果我們有個小妹的話，應該就像那樣吧……」

我把後腦杓放在浴缸邊緣然後這麼囁嚅道。

可能就是有個超級開朗的「妹妹」在，那傢伙才能夠在沒有家人、朋友的國外待上三個月吧。

當然也就是因為每天都被這樣的「妹妹」徹底打敗，才會讓她有了「把我的收藏品全部扔掉」的鑽牛角尖想法。

莉亞．哈格麗，她對桐乃來說——

是每天在同一個房間裡生活的可愛妹妹。也可以說是桐乃在國外感到寂寞時的心靈支柱。

但在田徑場上，她就是桐乃絕對比不上的強勁敵手。

莉亞不斷讓桐乃感受到才能上的差異，也是讓桐乃產生自卑感的根源。

「這種情節怎麼有種似曾相識的感覺……」

不知道桐乃當時是怎麼樣的心情。是不是跟某個人一樣，體驗到有個自己永遠比不上的優秀「妹妹」在，究竟是什麼樣的感覺了呢？

如果是這樣的話，為什麼她還能夠如此疼愛莉亞呢？

如果是軟弱一點的人，一定連妹妹的臉都不想看見了吧。

「真是了不起……」

我的妹妹總是能正確、率直地辦到我做不到的事情。

這真的讓我感到很驕傲。對於能以她為榮這件事，我也很替自己感到驕傲。

那傢伙……為什麼妹妹會喜歡上十八禁成人遊戲呢？

我忽然有了這樣的疑問。我也不知道為什麼在這樣的思考過程當中，會自然產生這樣的疑問。看來泡在浴缸裡面不只讓我的肌肉放鬆，甚至連思考能力也開始鬆弛了。不過，反正本來就沒在想什麼重要的事。所以也沒什麼關係啦。

我拿起放在頭上的毛巾來擦了一下臉。

「呼～」

但是一說到妹系的成人遊戲——有外國美少女來家裡寄宿，這不就是成人遊戲裡「時常會出現的老梗」嗎？在那種遊戲裡面，這種時候一定會發生「附加ＨＣＧ，哥哥一起洗澡吧事

件」。

沒錯，比如說脫衣處的門忽然被打開，穿著煽情泳裝的莉亞和桐乃一起……

啪噠啪噠啪噠——喀啦！

「葛格！一起洗澡吧！」

「哇啊啊啊啊啊啊啊啊啊啊啊啊啊啊啊啊啊啊啊！」

我像遭遇色狼的純情少女般，擺出遮掩胸部的姿勢放聲大叫。

接著便直接潛下浴缸。

「唉唷？為什麼要潛下去呢？」

我發出「噗哈」一聲，以背對著莉亞的姿勢浮出水面。

「什麼『為什麼要潛下去』！誰准妳跟我一起洗澡的！妳這傢伙怎麼又是全裸——！為什麼我的妄想會自動以升級的版本呈現在眼前！妳至少也圍條浴巾嘛！還有泳裝呢！泳裝怎麼不見了？」

糟糕。由於太過驚慌，我剛才的說法好像在對小學生提出穿泳裝的要求一樣！我真的沒有那種意思唷！

「嗯？泳裝？」

那是充滿驚訝與搞不清楚狀況的聲音。

「在我向後轉的時候趕快遮住身體！妳這傢伙比成人遊戲還要恐怖耶！」

「成人遊戲？」

妳到底知不知道啊？現在這種時代，像妳這樣光明正大顯露裸體的小學生是絕對不可能通過軟倫的審查唷！

「總之快點給我出去！為什麼妳那麼喜歡讓我看見裸體呢！」

「那是因為我超喜歡京介葛格啊！」

「那至少也得三年之後再來！」

當然之後桐乃又跑了過來，而我被懷疑是蘿莉控的嫌疑也就更為加重了。

從浴室裡出來之後，我在自己房間裡感到懊惱不已。

「搞什麼？那小鬼究竟是想做什麼……」

這時我真是不知道該怎麼辦才好。

一……一般來說應該都是會怕生的吧！

說起來我們還是首次見面而已。為什麼一開始好感度就是ＭＡＸ了呢？

現在這種情形，就跟黑貓首次見到麻奈實馬上就討厭她剛好完全相反。

但那一定是桐乃對黑貓說了許多麻奈實壞話的緣故……

嗯——……會不會我其實是個大帥哥？然後莉亞對我一見鍾情呢？

雖然有了這種自吹自擂的想法，但這麼一來可就沒辦法說明為什麼之前的人生會完全不受女性歡迎了。會不會我就是長得一副受外國人喜歡的模樣呢？

……………不可能，絕對不可能。

那這究竟是怎麼一回事？為什麼莉亞會忽然就這麼喜歡我？

繼續自己一個人這樣東想西想也不是辦法，還是打個電話給別人問一下吧。也不是說想直接找人探討這個問題，只是想在與別人的對話當中得到些思考的線索。

這個嘛……要找誰好呢……

就打電話給和莉亞發散出相同感覺，而且也曾跑到浴室來鬧場的那個傢伙好了。

我一把抓起放在枕頭邊的手機。

嘟嚕嚕嚕……嘟嚕嚕嚕……喀嚓。

「歡迎光臨田村屋！」

「你以為現在幾點啦？禿子。而且你接手機幹嘛還報出自己家的店名，給我差不多一點！」

「哦！這種猛烈的吐槽！我還以為是誰呢，原來是大哥你啊！」

我通話中的對象正是青梅竹馬的弟弟「Rock」。

Rock不是他的本名，而是這傢伙灌注了靈魂的外號。

「你也真是的，大哥。這麼久都沒有找我——」

「笨蛋。之前不是才在你家見過面嗎！」

「咦——有嗎？嘿嘿，我感覺好像有一年沒跟你見面了呢……」

這傢伙在說什麼啊？不會是已經痴呆了吧？

算了。只要這傢伙沒對我感到生疏就好。

「我想問你一下，你幹嘛那麼喜歡我？」

「剛打電話就問這個也太過分了吧？」

「沒有啦，只是想問你一下，我們兩個感情變好的契機是什麼？」

「啊——……是這樣嗎？嗯——……這個嘛……我小學的時候，大哥救了我一命，應該就是我們感情變好的契機吧？」

「我救了你一命？我怎麼不記得做過這種事情？」

「嘿嘿，你忘記了嗎，大哥！我在學校不小心大便在褲子裡，結果拚命幫我解決這件事的人不就是大哥你嗎！」

「還以為是什麼事呢，結果竟然是我小學時期最糟糕的回憶！你竟然讓我想起那慘痛的回憶！」

「不瞞你說，我正是從那時候開始就決定要一輩子跟著大哥了！請你牢牢記住！來日我定當報答這份大恩！」

「不用報了，拜託你不要跟著我！」

嗶一聲掛斷電話後，我重重嘆了一口氣。

「………………啊──真想消除記憶！」

是啊是啊。的確是有那麼回事……

Rock之所以會那麼喜歡黏著我，還是有一定的理由。

而且我們已經認識這麼久了，本來就有點感情。

所以當他陷入困境時幫助他也是理所當然的事。

但莉亞就不一樣了。我們幾乎是初次見面，但即使如此，她還是跟Rock一樣黏著我……至少我是這麼覺得。

這究竟是怎麼回事啊？

就算我想破頭還是想不出答案來。

隔天，我和桐乃——以及新妹妹——莉亞總共三個人一起來到了秋葉原。

天氣是萬里無雲的大晴天。夏日的灼熱陽光不斷刺痛外露的手臂。

時間過得很快，現在已經是七月了。

一年又一個月之前，當我第一次來到這座街道時——剛好也是像今天這種天氣。

當初車站前面所有東西都顯得相當有趣的光景，現在也早就已經相當習慣了。

建築物的店鋪轉換，廣告代言的角色改變，車站的改裝也已經結束。

這個街道的景色會隨著季節與流行不停地改變。

這就是秋葉原的特色。

每當發現又出現與記憶中景色「不同」的地方時，多少都會感到有些寂寞。而這或許是因為自己已經喜歡上這座給予我不少回憶的街道了吧。

至於我們為什麼會來到這裡嘛，道理其實相當簡單，那是因為在討論要帶千里迢迢來到日本的莉亞去哪裡觀光時，桐乃便提議到這個地方來。

而老爸又表示「讓國中生和小學生自己出遠門實在讓人不能放心」，所以便要我這個已經可以購買十八禁商品的大人，以保護者的身分陪她們一起來。

「……唉——」

老實說我真的很不想來啊。怎麼說我也是個考生。

為什麼我就得陪超級任性的大妹，以及完全不知道在想什麼又愛黏著我的煩人小妹一起來觀光呢？

但與其讓她們兩個自己出門，還是有我陪著才比較能讓人放心，所以我縱然百般不願意也還是接下了這任務。

「我說桐乃啊，為什麼日本的觀光勝地要最先跑到秋葉原來呢？其他還有許多更好的地方吧？像是莉亞想去的東京鐵塔或者是上野動物園，再不然就是妳喜歡的澀谷等等的……」

「啥？說到日本觀光當然還是要從秋葉原開始吧？其他地方之後再去就可以了！」

「不是吧……那是……」

妳自己個人的偏見才對吧？當我這麼糾正完桐乃之後……

「嘿——這裡就是有名的秋葉原嗎——我早就想來這裡看看了——」

莉亞卻表現出非常高興的模樣。她將一隻手像帽沿般放在眼睛上方，然後就跟個土包子一樣四處看著整座街道。當中還像個過動兒般一下跑到東一下跑到西，腳步完全沒有停下來。這傢伙真的連一刻也靜不下來耶。

剛才在電車裡面她也是抱怨著「嗯——我討厭搭交通工具啦！跑步要快多了，而且也比較舒服」，還東扭西扭地根本沒辦法好好坐著。

雖然不可能真的比電車還早到達，但這也就表示這傢伙對自己的腳程真的十分有自信。

「想不到她還滿喜歡的嘛……」

「看——我就說吧。在國外秋葉原可是很有名呢。」

「是……是這樣嗎……」

這座街道上確實是有許多外國人，但我一直以為只有像布莉姬親戚那樣的一小撮人才會喜歡這裡。不過怎麼說這也只是桐乃的看法，還是不要全盤相信比較好。

「但是……我可以了解外國人喜歡秋葉原的原因，但把莉亞這種天真無邪的小孩帶到這充滿下流物品的街道來要幹嘛？難道要帶她一起去買十八禁遊戲嗎？」

「那個——……你是不是以為這塊區域裡面只有賣成人遊戲啊？」

「我會有這種想法也全都是妳害的。」

哼，我當然知道這裡還有賣許多其他的東西。

像是love doll、SM商品和色情DVD等等。

這點小事我當然知道了。

「我不知道你腦袋裡在想什麼，但我指的絕對不是你腦子裡所想的那些東西。而是一般的公仔、扭蛋、漫畫等物品。」

桐乃像是早已看透我內心想法般說出很銳利的吐槽。快別用那種輕蔑的眼神看我了好嗎！

我也被自己嚇了一大跳啊。

因為出現「秋葉原除了十八禁遊戲之外還有賣什麼東西」這種問題之後，我腦袋裡竟然都是浮現一些低級的物品。

我的頭腦究竟是在什麼時候變得這麼下流了呢？

一定是赤城兄妹害的。

這時侯——

當我和桐乃在對話的這段時間裡，在RADIO會館前面像個老鼠炮一樣到處亂竄的莉亞，忽然用很高興的聲音叫著我們。

「桐乃！京介大哥！快看！這裡有穿著奇怪衣服的人！」

莉亞在發宣傳單的女僕身邊打轉。

「喂，莉亞！不要這樣！」

桐乃馬上跑過去，用力扯住莉亞的馬尾。

「啊嗚！好痛～～～！嘿，桐乃！頭髮！我不是說過拉頭髮是犯規嗎！」

「要是不這麼做妳都會到處躲啊！給我好好反省啦，臭小鬼！」

桐乃簡直像在操縱韁繩般拉著莉亞的頭髮。接下來……

「那個……抱歉打擾妳工作了——」

桐乃代替莉亞向女僕道歉。

「還有……這個笨蛋說了很沒禮貌的話！」

「嗚哇！」

「不……不會……沒……沒關係啦……這樣就可以了……」

桐乃太過猛烈的懲罰，讓女僕也嚇得退後好幾步。

一起生活了幾天之後，大概可以了解這兩個傢伙基本上就是這種相處模式。與其說桐乃像是善盡職責的姊姊，倒不如說像是個帶個搗蛋小鬼的年輕媽媽。

我對著走回來的兩人這麼說道：

「桐乃……今天要從哪邊開始繞？」

「嗯——我想看一下藍光的動畫ＤＶＤ。而且也跟莉亞約好了。」

「那就是從Animate到虎之穴的路線囉？」

「好吧。」

已經不知道和妹妹來過這裡多少次了，所以也有了幾條固定的逛街路線。

就連討論也已經能相當迅速就得到結果。簡直就像跟麻奈實一起出去玩時一樣。

在桐乃的荼毒之下，我的御宅族化已經越來越嚴重……看來已經是沒救了。

在旁邊看著我們對話的莉亞，忽然很高興地笑著說道：

「你們感情真好！」

「少……少囉唆！」

「好痛！又……又拉我的頭髮！虐待！這應該叫做虐待沒錯吧？」

「誰……誰叫妳要講那種噁心的話……」

桐乃還是一樣很討厭讓人家看見跟我和平相處的時候。雖然麻奈實說「你和桐乃的關係，今後一定會越來越好的」，但真會有那麼一天來臨嗎？

不……別那麼悲觀。我當然知道……

和以前相比，我們兩人間的距離確實已經縮短了。

會一起搭電車出門，討論著該從哪開始逛起——已經進展到可以進行這種對話的程度了。

「那就先從Radio會館開始吧！」

桐乃以焦躁的聲音說道，接著用手指向眼前的建築物。

「喂喂，不是要從Animate開始逛起嗎？」

「我改變心意了！少廢話，快點跟上啦！」

「唉……是是是……」

我不甘願地跟在「公主」後面追了上去。但這時候眼眶含淚且摸著馬尾的莉亞小跑步到我身邊，然後以細微的聲音囁嚅道：

「京介葛格……桐乃她有時候超級不講理的對吧……？」

「妳在美國和她住同一間寢室應該也很辛苦吧……」

嗚哦哦哦哦……這……這世界上竟然有人可以跟我分享痛苦的經驗嗎……！

原本對莉亞只有裸體小鬼的印象而已，但現在忽然湧起一股親近感。

哎呀～有個妹妹還真是不錯啊。

還是得向對這個區域不熟的人做個說明，所謂Radio會館就是位於秋葉原車站前面的一間購物中心。

尤其是它那塊「世界的Radio會館秋葉原」的黃色招牌特別引人注目。

通常大家都稱呼它為Radi館。要是說到電器製品的聖地，很多人腦海裡都會率先浮現這棟建築物。

不過我對它的印象就只有這棟大樓裡有許多販賣無線電器材的商店，而且還散發出一種詭異的氣息。

其實這也不僅限於Radio會館，應該說秋葉原這個區域整體都是這樣——除了內部相當複雜之外，通常大半還和鄰接的建築物一體化，商店街的一部分區域根本變得像座迷宮一樣。商店入口明明有又大又氣派的電梯，結果逛完之後卻很可憐地只能從逃生梯離開——這種情形在秋葉原可以說非常常見。

至今為止我也在這裡面迷過好幾次路了。

所以——

「咦？莉亞不見了？」

「那……那個小鬼就是喜歡自己到處亂逛……這下應該是走丟了吧？」

我本來就稍微預料到會發生這種情形了……

我們目前正在Radio會館裡面的Yellow Submarine附近說話。這是一個擺放著許多模型與公仔的賣場。

「啊——真是的，那個小鬼到底是什麼時候不見的？」

「我看哪，應該是妳往美少女公仔猛衝過去的這段時間裡不見的吧？」

「因為梅露露的公仔推出新作了嘛…………」

桐乃一臉很不好意思地凝視著玻璃箱裡的新作梅露露公仔。

我用無奈的聲音說：

「……總之得趕緊找到她才行。」

「說的也是。跟我們走散一定會讓她嚇得半死。」

「那傢伙會嚇到嗎？感覺如果發生什麼事，她也是一派輕鬆地跑步回家吧？」

「你真的是個大笨蛋耶……」

妹妹這句混雜著輕蔑語氣的話與平常的怒罵不同，讓我不禁感到有些害怕。

但桐乃沒有說明自己真正的意思，只是用焦急的口氣再度開口說：

「得快點去找她！」

「……了解。我說桐乃，那個傢伙難道沒有手機嗎？」

「沒有。」

唉～～竟然是個比麻奈實還要遠離現代文明的傢伙。

「那我們分頭找吧。發現她之後便用手機互相聯絡。」

「知道了。不過就算沒看見她，記得也要每五分鐘撥一次電話給我。」

「好啦。那我們待會見。」

「嗯，你可別打混，給我好好找啊！」

「是是是。」

我舉起一隻手和桐乃道別。逛了一圈Radi館內部之後還是沒見到莉亞。

……難道是跑到外面去了嗎？

我再度回到秋葉原車站前面去看了一下，但那裡也沒見到莉亞的身影。

……那傢伙……究竟是跑到哪去了？

這時我隨便抬頭往Radi館上面一看——

「咿……」

在那裡。大剌剌地站在那裡。而且還從Radio會館屋頂對著我招手！

「京介葛格——我在這裡——！」

「那個死小鬼……！完全沒想到我們在擔心她……！」

人家說笨蛋與煙喜歡往高處跑——看來是真的！

我急忙往建築物裡面衝去。

等不及搭電梯便直接由樓梯爬上去，以最快速度衝上屋頂。

這可真是累人。當我到達目的地時，已經是上氣不接下氣了。

「呼……呼……」

但是……

「不在了！跑到哪裡去了！」

我立刻跑到屋頂邊緣，從高處向下尋找著。

結果……

「哈囉——！」

再度聽見莉亞的叫聲。

我朝聲音的來源——正下方也就是Radio會館前面看去。

「不會吧……？那傢伙會瞬間移動嗎？」

想不到莉亞已經跟剛才站在那裡的我一樣抬頭看著屋頂，並且還微笑著對我招手。雖然她一定是從別的地方下樓了，但她不但沒有錯過以最短距離衝上屋頂的我，而且還連氣都不喘一下，這實在太不可思議了。這傢伙的體力到底是打哪來的？

「京介葛格你太慢了——」

「妳給我待在那裡別動！」

「啊哈哈，我才不要哩——你來找我啊！」

莉亞才剛吐出舌頭做了個鬼臉，馬上就又一溜煙跑進建築物裡面去了。

哇啊——那臭傢伙……是想跟我玩躲貓貓嗎？

說來丟臉，我完全不認為能抓住她。那小鬼就跟離散金屬史萊姆（註：「勇者鬥惡龍II」裡首次出現的怪物，材質類似水銀，非常會逃跑）一樣。

沒辦法，只好呼叫增援了。

我打了通電話給桐乃，說明剛才的事情經過。

「……我知道了。那等一下找到了就先打電話給我。你是絕對追不上她的。」

「哦，好……」

雖然說是事實，但直接被這麼說內心還是覺得有些刺痛。真讓人沮喪。

……………嗯？

「我說桐乃……」

「啥？還有什麼事？」

「以前是不是也發生過類似的事情？」

「誰知道……………………」

「嗶」一聲的機器音響起後，電話就被掛斷了。

老實說我也不知道自己為什麼會提出這種問題。

「嗯…………算了。」

我搖了搖頭好讓自己重新打起精神來。得趕緊找到莉亞然後和桐乃聯絡才行。

現在的狀況就跟小時候常玩的「警察捉小偷」很相似。

真要說有什麼不同的地方，那就是這個「小偷」會以超乎一般小學生的神速到處逃跑。可以說是非常難纏的對手。

我和桐乃之後又在Radio會館內部搜尋了十分鐘左右，當然期間還進行了兩次定期聯絡。

由於完全沒有休息地不斷尋找著，我從剛才就一直處於氣喘吁吁的狀態。

「呼、呼、呼……找……找到了！」

我是在館內的某間書店裡發現到莉亞的蹤影。聽說這裡的書非常齊全，所以和桐乃以及沙織她們出來逛秋葉原時經常會到這裡來。

由於這裡的客層幾乎全是御宅族，所以有個褐色肌膚的小學生混在裡面當然會非常醒目。莉亞站在成為店員死角的角落裡，似乎正看著書架上的某些書籍，但從旁邊經過的客人都非常注意她的存在。

……還在那裡慢慢挑選漫畫。完全不管我們有多擔心，這小鬼還真是輕鬆。

我看這樣根本不用和桐乃聯絡了。

看我悄悄從後面接近然後緊緊把妳抓住！

但我的打算馬上就被輕鬆識破。當我走到離她還有五公尺左右的距離時……

「啊！大哥！你終於來了——」

莉亞就像背後有長眼睛一樣回過頭來然後開口對著我說道。

「呼……呼……別自己到處亂跑好嗎？桐乃很擔心妳唷。」

她完全沒有要逃跑的模樣。看來是已經玩膩警察捉小偷的遊戲了。

「這樣啊，對不起哦！」

就如桐乃所說的一樣。實在很難對她發脾氣。

「……我看妳看得很入迷，找到什麼想要的書了嗎？我可以買一、兩本來送妳唷。」

「真的？」

「嗯嗯。」

給點甜頭的話，妳也會比較乖一點吧。

莉亞非常高興地把一本漫畫拿到我面前。那是一本封面畫著褐色肌膚女孩的A5大小漫畫。

「因為這個女孩子長得跟莉亞很像，我才會一直看著這本書！」

「哦，這的確是很——」

……等等，好像不對哦。

這不是…………？

應該說這賣場不是……

啊！

「喂，莉亞，這本書不行！別翻開封面！」

雖然在最後一刻發現到危險，但已經來不及了。莉亞快速將封面打開——

「嗚嗚……大哥……本來覺得封面很可愛……但這本書好噁心唷……噁……」

「那還用說！這不是像妳這種小鬼能看的東西！」

嗚哇啊啊啊啊！難……難怪客人們會這麼在意莉亞！

竟……竟然會發生這種事！

你們大家聽我說——！

現在！我呢！和一名正在嗚咽的少女在一起！

而我們站的地方是色情漫畫賣場！

這可以說是我有生以來遇過最險惡的狀況。性騷擾學長根本算不了什麼！我已經可以聞到有犯罪的氣息散發出來了！不快點逃跑的話應該會被報警抓走吧！

「……嗚……嗚嗚……」

糟……糟糕！如果她現在大聲哭的話……人家真的會叫警察來啊！

「拜託妳別哭了！」

「但……但是……」

莉亞到現在依然哽咽著。得趕緊……想個辦法才行……！

可惡，越緊張就越喘不過氣來！

呼……呼……快想辦法啊，這種時候該怎麼辦才好呢……？

我溫柔地把手放到莉亞頭上。然後就這樣撫摸著她的頭部。

「嗯……呼啊……」

莉亞像覺得很舒服般瞇起了眼睛。

「……嗚嗚……葛格，謝謝……」

呼……看來是成功了。

幸好這傢伙很喜歡我，所以我就想這麼做應該能讓她停止哭泣吧。

這可以說是我的老把戲了。

雖然不喜歡小女孩，但我倒是很會安撫她們。

你們看著吧，對付莉亞就應該要像這樣。

「哈哈……來，我買糖果給妳吃。跟我一起走吧？好嗎？」

「你……你在幹什麼啊！」

碰噹！

「嗚哇！」

有人從背後給了我一記猛烈的跳踢。於是我整個人後仰並且滾倒在地上。

雖然對自己的這種辨認方式感到相當可悲——

但我還是判斷出這記飛踢是來自於桐乃！

回過頭就發現臉頰抽筋，帶著驚愕與殺意的妹妹站在那裡。

「你……你……你你你……你啊……難道真有那種嗜好……？」

「才……才不是哩！絕對沒有……！我只是想溫柔地安慰一下莉亞而已……」

「我……我明明看見你讓這麼小的女孩看色情書刊然後在旁邊興奮不已！以為這種藉口可以騙得了我嗎？」

「快住手，桐乃！京介葛格他沒有不對！」

莉亞像是火上加油般抱住正要爬起來的我。

「我最喜歡葛格了！」

這種感情一點都不令人感到高興，而且表達的時機實在太糟糕了！

桐乃當然很憤怒地——對我貼上那張慣例的標籤。

「你這蘿莉控！真的很噁心耶！快點去死啦！」

「我……我不是蘿莉控——！」

我只能痛哭了。我也非常不願意被這個小孩子喜歡上啊。

有誰能了解我的痛苦！

讓莉亞親口說明整件事情的經過後，才終於解開桐乃對我的誤會。

不……看起來桐乃那個傢伙並沒有完全解除對我的疑慮。

「哼——…………」

看吧，看著我的眼神明顯比平常更加冰冷了。

「總……總之，我們快到下個地點去吧。不是要去Animate看藍光ＤＶＤ嗎？快走吧？」

「……好吧，先饒了你。不過這筆帳我之後一定會跟你算，你給我記住。」

「什麼記住……妳到底想對我怎麼樣？」

太恐怖了！

「責任！你會對我負責吧！葛格！」

「拜託妳別再說話了！妳剛才的發言一點都不好笑！到底是在哪裡學會這種話的！」

「剛才漫畫裡那個像莉亞的女孩子就是這麼說的！」

別學那種東西裡面的台詞好嗎！

我一邊承受妹妹們給我的精神攻擊，一邊按照討論的結果朝著Animate前進。

到達之後，馬上就發現大螢幕上正播放著快要開始上映的梅露露第三季ＰＶ。

「啊！」

桐乃立刻朝畫面衝了過去。她那種動作看起來比平常小了五歲左右。

「這ＰＶ真是有夠帥的！無論是作畫或是音樂都非常用心！」

「哦～這難道就是桐乃所說的那個？」

莉亞抬頭看著ＰＶ然後開口說道。

「對！就是我在美國約好要給妳看的動畫！趁莉亞在日本的這段時間裡，一定要讓妳看完全部的梅露露！妳一定會喜歡！」

「這樣啊～我還是第一次見到這種東西耶。看起來好棒。嗯，應該很有趣吧。」

「那我們回家就馬上來看吧！」

「ＯＫ！」

哈哈，真搞不懂妳們兩個誰才是小孩哩。

就在一群人沸沸揚揚當中，ＰＶ結束了。

「呼啊～～太棒了～～～我覺得……光是可以看到這個節目這點啊，我回日本來就值得了……」

桐乃站在Animate前面直盯著大螢幕看。

「美國沒有播放日本的動畫嗎？」

「想看的話也不是沒辦法啦。比如說讓你把節目錄起來然後寄到美國等方法。不過感覺上氣氛就不對。」

「應該說宿舍根本就沒有電視。」

莉亞接著桐乃說道。

由於是為了練習田徑而建立的設施，所以可能沒什麼娛樂設備吧。

所以桐乃才會因為壓力而把身體弄壞了。這對御宅族來說是相當痛苦的環境。

就連自稱是一般人的我，沒有電視的話還真是會感到有些痛苦（最近已經連沒辦法使用網路都會覺得很難受了）。

「啊哈哈，那裡真的就只能夠練習而已啊。」

但與臉上出現不滿表情的桐乃比較起來，缺少娛樂似乎不會對莉亞造成多大的不便。她現在正是玩心很重的年紀，這樣真的沒關係嗎？

「連電視都沒有啊。那莉亞不會每天都覺得很無聊嗎？」

「咦——完全不會唷！每天都可以做自己最喜歡的事情，可以說超快樂的！」

莉亞將兩條手臂繞到腦袋後面，臉上露出天真無邪的微笑。

我的直覺馬上就告訴我她剛才那番話是出自於真心。

只要能跑步，就算沒有電視，沒有任何娛樂也沒關係。

其他根本不需要任何東西。她所說的就是如此單純的事情。

……啊，難怪桐乃贏不了她。

我直接就有了這種感覺。接著背部更感到一陣惡寒。

桐乃就像對黑貓所做的那樣，聳起肩膀並且用諷刺的語氣說：

「妳問莉亞也沒用啦。我想那傢伙一定是迷你四驅還是什麼的轉世。」

「喂，妳至少也用純種賽馬來比喻嘛。妳說的根本就不是生物。」

「但我說的是真的啊。她會一直跑到電池沒電為止，而且其他事情對她來說根本就無關緊要。」

聽得出來是在調侃莉亞的這段話裡，很明顯還藏有憧憬的感情在。

本來以為莉亞聽見後會生氣，但她卻很有精神地肯定道：

「嗯，確實是無關緊要唷……」

「就是啊，我就覺得莉亞應該會這麼說。」

桐乃像是已經放棄掙扎般，無力地笑了笑。

為什麼桐乃會敵不過莉亞。

其實理由已經完全濃縮在剛才的對話裡面了。

對於輸給自己的對手抱持強烈的責任感，然後以堅定的意志推動自己，拚命練習的桐乃。

無論是模特兒工作、興趣、與朋友共度的時間……重視這一切而把時間均等分配的桐乃。

桐乃的這種做法與思考方式確實值得稱讚。我打從心底認為她是個很了不起的傢伙。

但那是把有限的力量、時間、才能平均分配給複數的事物。

所以當桐乃面對將所有才能與時間集中在一件事情上……

跑步就等於人生的傢伙時，是絕對不可能獲勝的。

如果無論如何都想贏的話，那就得捨棄至今為止所有重視的東西才行。
只能讓自己站在同樣的條件下，才能夠挑戰對方。
「…………」
現在稍微可以了解桐乃傳那種簡訊給我的心情了。
這傢伙真的是個笨蛋。只要是人都有所謂的天性。
這是一點都勉強不來的啊。
說起來莉亞根本就沒有「拚命努力」的自覺。
捨棄所有娛樂，每天持續著克己禁慾的嚴苛練習。
但她應該能把這一切當成理所當然，然後還能露出無邪的笑容來享受這一切吧？
妳問我為什麼知道？
因為她跟妳一樣啊，桐乃。
妳平常就從事模特兒、社團活動，然後還花時間看書、玩十八禁成人遊戲——
但妳還是稀鬆平常地完成這一切，並樂在其中似地開懷笑著，所以她只是跟妳一樣而已。
我想妳在莉亞身上感覺到的東西，一定就跟我在妳身上所感覺到的一樣。
我們總是會羨慕別人擁有自己沒有的特質。
嗯，不過妳還是比我好太多了。

但是……如果妳想要放下這種內心的重擔，我倒是隨時都可以助妳一臂之力唷？

內心隱藏著這些話然後看了妹妹一眼，發現她正對莉亞這麼說道：

「莉亞。妳說除了跑步之外其他事情都無關緊要對吧？」

「嗯？」

「正因為如此，我才會帶妳來到這個地方。我想讓莉亞看看我喜歡的東西。我也解釋不上來，也不是說特別為了妳而這麼做……而是我自己本身就想這麼做……」

「這樣啊……」

莉亞臉上露出靦腆的笑容，接著慢慢看著周圍的環境。

在她面前的，正是桐乃最喜歡的秋葉原街道。

Animate的電視螢幕上播放著梅露露的ＰＶ。

到處都可以見到cosplayer在路上昂首闊步，特別設置的舞台上舉行著音樂會，附近播放著同人遊戲宣傳影像的店頭前面還擠滿了人群。

這裡有漫畫、動畫、遊戲、音樂、公仔、無線電、模型、遊樂場、女僕咖啡廳……

日本的次文化全部都在這座街道上。

它是孕育出我們兄妹共同回憶的場所。

也是我們與新朋友相遇的地方。

桐乃最想回來的地點，現在正呈現在莉亞的眼前。

接下來——

莉亞不知道為什麼筆直地看著我說：

「我完全了解了，桐乃。」

她像是有所領悟般點了點頭，然後又笑著將視線往桐乃移去。

「我也很喜歡這些東西啊。嘻嘻……桐乃還真是愛擔心耶。」

「姆……我又不是那種意思。」

「確實莉亞只要能跑步的話，其他什麼都不需要了。但是就算有朋友和娛樂也不會造成我的困擾啊。」

「哼。那就好了。」

桐乃雖然表現出很不高興的模樣，但其實是安心地將臉轉向別處。

把自己的興趣強加在只專心於田徑的朋友身上，會不會造成對方的困擾呢……

剛才莉亞一定是察覺到桐乃有這種想法，才會說出「桐乃還真是愛擔心耶」這句話吧。

另外……

「就算有朋友和娛樂也不會造成我的困擾啊」這句話同時也有就算沒有也沒關係的意思。

雖然很享受眼前的事物，但對莉亞來說，不論是遊戲或是朋友的優先順位都絕對比不上跑步才對。

至少在我聽起來就是這種意思。世界上腳程最快的小學生——這稱號應該就是由她這種偏頗態度所誕生出來的結果。

……老實說，我開始覺得天真無邪笑著的莉亞有點恐怖了。

而桐乃那傢伙竟然贏得了這種人。

不過如果真是那樣的話，我就越來越搞不懂了。

跑步就等於人生的莉亞，為什麼要浪費時間特別從擁有最棒練習環境的洛杉磯跑到日本來呢？

不論是和桐乃感情很好所以來見她，或者是對日本有興趣——

這些對莉亞來說應該都是優先順位相當低的理由才對。

真搞不懂她為什麼會嘴裡喊著「超喜歡！」然後就黏著初次見面的我。

可以不牴觸莉亞的行動原則，並且說明這一切事情的道理真的存在於這世界上嗎？

「……………」

雖然沒什麼自信，但我心裡……有一個唯一的答案。

莉亞來日本真正的目的是——

「那麼……差不多該來一決勝負了吧？」

在結束所有觀光行程後的回家路上，莉亞用充滿活力的聲音如此說道。

剛好我們正走到桐乃就讀的國中旁邊。

這時已經是傍晚時分。白天的時間雖然相當長，但這時候天色已經開始有點變暗了。

「一決勝負？」桐乃一臉驚訝地問道。

「嗯，比賽賽跑。」

莉亞停了下來，用手指著國中的校園。

「看，剛好有很適合跑步的地方。這裡的話應該跟田徑場差不多吧？」

「哼，妳是笨蛋嗎？我穿這種便服怎麼跑步啊？」

「啊哈，少來——桐乃妳就不用再裝傻了。」

「啥？裝什麼傻？」

「鞋子，然後還有褲子和上衣。」

莉亞從腳底開始依序向上指著桐乃的服裝說道。

「穿著那麼容易活動的衣服，竟然還敢說『我穿這種便服怎麼跑步啊』這種話。妳看妳那雙鞋，雖然不是釘鞋，但根本就是妳平常練習時穿的鞋子。那麼重視服裝搭配的桐乃出門還穿這種鞋不是太奇怪了嗎？」

「…………」

桐乃靜靜聽著莉亞的詰問。

簡直就像個詭計逐漸被偵探識破的犯人一樣。

這時已經變成她們兩個人自己的世界，完全沒有我插嘴的餘地。我只能像個稻草人般呆呆站著，注視整件事情的發展。

莉亞發出「哼哼——」的聲音後，嘴角得意地上揚了起來。

「妳從一開始就準備和我比賽了吧？」

「我心裡本來就隱約有……莉亞應該會提出這種要求的預感了……」

像放棄掙扎般嘆了口氣後，桐乃也承認了。

「所以才會事先穿上這種絕不可能出現在我身上的超俗打扮。果然看起來很不搭嗎——不會啊，我可是完全沒有注意到唷。」

「倒是莉亞……難道說妳來到日本就是為了——」

「那還用說！當然就是為了要復仇啊！」

莉亞說完後便耶嘿嘿地大笑了起來。桐乃只能很無奈地對她說：

「果然如此。嘖，本來還有點期待妳是來見我這個『姊姊』的呢，看來我真是個大笨蛋。妳這小鬼還是一樣無情。」

「討厭啦～有許多原因都讓我很想見到桐乃妳啊。」

她的意思就是說桐乃除了是很疼我的「姊姊」之外，也是打敗我的敵人……

「莉亞，那時候我只是剛好狀況很好罷了……不過我這麼說妳也不會聽對吧？」

「嗯吥——別想騙我了。莉亞才不會因為那種偶然就輸給妳呢。」

雖然她是用鬧彆扭般的語氣輕鬆地說著，但還是散發出強烈的自信。

這就表示即使面對桐乃這種對手，她還是有百戰百勝的把握吧？

經過簡短的對話之後，桐乃和莉亞之間開始產生相當沉重的壓迫感。甚至還可以見到迸出的火花。

雖然臉上還是保持著笑容，但莉亞的眼睛裡已經完全沒有笑意了。

「那時候的桐乃確實比莉亞還快。明明前一天還根本就不是我的對手。短短一天裡面究竟發生了什麼事。到底是使出什麼樣的魔法讓腳程變快的。還有明明贏過莉亞了，為什麼還要回日本呢……」

「莉亞——」

「今天桐乃讓我看的東西就是妳變強的答案對吧？」

「嗯。」

桐乃靜靜點了點頭。

與用足以貫穿人的視線往正前方看的莉亞完全相反，桐乃臉上是相當沉穩的表情。

「這就是我。我現在才終於知道，在美國時的我——根本就不能算是真正的我。所以我才會回到這裡來，回到這個能容納真正的我的地方。」

雖然這句話不是對我所說，但卻讓我有種切身的喜悅感。

「莉亞妳要說我太小看田徑，我也沒辦法反駁。但是……我還是沒辦法捨棄自己喜歡的東西。不論是社團、朋友、家人還是興趣——就是有這些事物，才能造就現在的我。」

這就是桐乃回國之後所得到的答案。

是她不斷煩惱再煩惱之後——所得出來的答案。沒有任何人能夠插嘴。

事實上我妹妹現在就用很符合她形象的驕傲臉孔，挺起胸膛這麼說著：

「我就要以這樣的我來贏過妳們這些人。」

「這樣的話，莉亞就贏過現在的桐乃然後才回洛杉磯去。」

莉亞慢慢蹲了下去，接著把手放在腳踝上。

「耶嘿嘿。教練要我除了洗澡之外都不能把這個拿下來——」

「碰沙……碰沙……」的聲音響起，可以知道應該有什麼相當重的物體被放了下來。

「葛格，幫我拿著——」

「嗚……嗚哦——」

丟過來的是綁在腳上的重物。就是叫做腳踝加重器的東西。

一拿在手上馬上就有相當沉重的感覺。

「這小鬼就跟格鬥漫畫裡的主角一樣……」

在佩服之前先湧起了一股無奈感。竟然連我都沒辦法講出銳利的吐槽。

不論是這傢伙的教練還是這傢伙，腦袋都真的有問題。

這根本就不是訓練而應該是苦行了吧？

「這樣就可以了。來，彼此拿出全部實力來一決勝負吧——桐乃！」

兩個人就準備在桐乃就讀的國中校園裡頭一決勝負。

安靜的校園裡面就只有我們三個人而已。

負責擔任裁判的我站在終點線上，凝視著採取蹲踞式起跑法的兩個人。

桐乃和莉亞用完全相同的姿勢，等待著起跑的號令。

這是人體工學上能發揮出最快起跑速度的姿勢。

也是歷經無數次嘗試與失敗，最後才產生的智慧與鑽研的結晶。

那種蹲姿簡直就跟發射砲彈的彈射器一樣。

「要開始囉——」

即使隔了一百公尺的距離，也可以感受到那一觸即發的緊張空氣。

接下來——

我隨著號令大力揮下手臂。

馬上響起「咚！」一聲腳往地面蹬的聲音。兩個人迅速開始起跑衝了出去。

那應該是我的幻聽，因為絕不可能發出那麼巨大的聲音——但是我的耳朵確實感受到了足以搖晃地面的震動。莉亞的加速便擁有這種壓倒性的力量。

就算用火箭噴射也不足以形容她的威力。

曾經用過吃奶力氣來奔跑的人，可能就能了解這到底有多不正常了。

這……這傢伙……從起跑的第一步就非常快了！

一步、兩步三步四步——只用最初幾步就輕鬆到達最快速度。

但桐乃就還差得遠了，她現在才好不容易進入加速狀態而已。

還不到一百公尺的十分之一，兩個人之間就已經有了一段很大的差距。

莉亞本人似乎完全沒有那種意思——

但這就是「展現才能上絕對差距」的跑法。

這種景象出現在眼前的話，對手就只能陷入絕望當中了。

「嗚……」

但是桐乃的眼睛卻還炯炯有神，簡直一點都沒有鬥志萎縮的樣子。

因為早就知道對方擁有如此的實力，所以就算被拉開相當大的距離，她也還是不慌不忙地展開加速作業。就按照練習那樣，盡自己最大的努力。桐乃的眼神正是如此宣言著。

我的目光被奔跑在校園裡的兩道身影緊緊吸引住了。

兩個人跑步的姿勢果然完全相同。

我當然不知道這種姿勢的名稱。但那是挺直身軀、揮動臂膀、大大跨出長腿的跑法。

讓人感到很不可思議的是，為什麼這種極為誇張的動作會那麼美麗呢？

以發自內心的幸福表情跑過校園的莉亞。

還有眼神裡燃燒著強烈感情，緊盯著對手背部的桐乃。

兩人的姿勢雖然相同，但表情卻完全相反。明顯表現出兩人間才能的差距。

當跑步距離超過五十公尺時，兩人間的距離更為拉大了。

在這種距離之下桐乃想要逆轉可以說完全不可能——就連我這個外行人都如此確信。

莉亞對桐乃的復仇在這一刻已經成功了。

「加油……」

我自然地發出聲音。

「加油桐乃……！」

我從終點線上發出聲援。

從腹部底端發出聲音來將自己心裡的熱切情感表達出來。

「加油——！」

我實在無法置身事外。

桐乃也跟過去的我一樣，被比自己優秀許多的妹妹給逼入絕境了。

但她就算被逼進絕境，也不像我一樣逃跑而是像這樣正面接受挑戰。

這叫我怎麼能不替她加油呢？

「桐乃……別輸啊——！」

因為在場上跑的人就是我自己啊。

就是那個在所有事情上都輸給妹妹，不斷被她痛宰的我。

那個敢正面與妹妹對抗，毫不死心地死命掙扎，處於「ｉｆ的世界」裡的我。

「衝吧！還能趕得上唷！別放棄！」

感覺上眼神好像與奔跑中的桐乃對上了。

她與莉亞之間的距離似乎有點縮短。

不——是真的縮短了。

到達最快速度的桐乃──可以說比莉亞還快！

「還有機會！趕上……快超過她啊！桐乃！」

剩下三十公尺。我扯開喉嚨放聲大喊。

人生其實就像只有一個儲存檔案的十八禁遊戲一樣。

一旦按下選項之後，就沒辦法回頭重新來過了。

就算失敗也沒辦法取消重來，絕對不會發生那麼幸運的奇蹟。

辦不到的事情就是辦不到，無計可施的情況下也就一定找不到任何妙計。

不過到底是哪個傢伙敢這麼斷言！什麼辦不到什麼無計可施，不試著去做做看怎麼會知道呢！又不是神仙，哪能知道未來究竟會發生什麼事！

所以不用客氣，趕過她吧！幹掉她啊，桐乃！顛覆一切所謂的常理──

「衝過去……！」

距離終點僅僅剩下一點點距離。

發揮最快速度的桐乃，已經逼近到莉亞的正後方了。

像我這樣只為桐乃加油，莉亞看在眼裡應該有點不是滋味吧。

不過抱歉了莉亞，雖然妳是個超喜歡我的可愛女孩……

但是這種行為已經像是我的習慣了。沒錯，身為一個有妹妹的哥哥，就會有這種習慣。

所以站在妹妹這邊替她加油也是理所當然的事。對了，還是得把話先說在前面——

「我不是什麼蘿莉控！而是妹控啊————！要贏啊～～～～～！桐乃～～～～～～～～～！」

整句話根本意義不明。連我自己都不知道自己在說什麼。

但總之我就是想把灌注了靈魂的聲援傳達給妹妹知道就是了。

像是要回應我的聲援般，桐乃這時候的速度又更加快了。

最後————

桐乃還是輸了。

激烈的比賽結束後……

「…………呼……呼……呼……」

拚盡全力跑完全程的桐乃就在我身邊半彎著身子，低著頭肩膀上下移動著。

「呼～～！」

另一方面莉亞雖然也是氣喘吁吁，但是看起來卻沒有很累的樣子。

「…………」

照現場的氣氛看起來，我實在不適合隨便插嘴。

雖然輸了，不過是場勢均力敵的精采比賽——就算殺了我也沒辦法講出這種話。

「——唉～～……輸掉了嗎——」

桐乃仰望著天空然後用堅強的語氣說道。身上的汗水閃爍著光芒到處飛舞。

這時莉亞靠了過來，然後得意地比出勝利的V字形手勢。

「桐乃！咿嘻嘻嘻——莉亞贏了！」

「……啊——我知道啦。幹嘛還特別來炫耀啊……我正在懊惱當中呢。妳就不會體諒一下落敗者的心情嗎？」

「當然不會囉！獲勝就是獲勝嘛！呀哦——復仇成功！嘿嘿——知道我的厲害了吧！」

莉亞一邊像兔子般跳著，一邊用全身表現出勝利的喜悅。

可以說是個毫不容情的勝利者。但這樣卻反而讓人有種痛快感。

不過被這麼炫耀的桐乃本人看來應該已經氣到七竅生煙了吧。

「這個……死小鬼……真氣人……氣死我了……氣死我了氣死我了氣死我了！啊——實在太氣人了！」

桐乃當場跺腳並且懊悔不已。接著她的眼裡迅速充滿淚水，然後惡狠狠地這麼說道：

「莉亞……我雖然很喜歡妳，但現在的妳可以說是世界第一煩人的傢伙。」

「咦——？是嗎——？嘻嘻嘻，莉亞也很喜歡桐乃，但老實說莉亞就是為了看妳現在這張臉才會到日本來的！」

說完後她更用力指著桐乃，而桐乃則是發出「嗚嘎——」的聲音，然後整個人抓狂。

「託妳的福我現在完全了解了！現實世界中的妹妹根本不是什麼好東西！妹妹還是二次元的好！」

妳最沒資格說這種話！

我在內心這麼吐槽著她。

隔天——

莉亞在完成「漂亮地復仇並且欣賞桐乃哭泣的臉孔」這種來日目的後，馬上就表示「嗯，那我要回去了」。

看見將停留時間大幅縮短，馬上就做好回國準備的莉亞後，我用夾雜著驚訝的口氣說道：

「……妳這傢伙，真的就為了這種理由來日本啊……」

「咦——？啊哈哈哈——真是的——葛格你怎麼這麼笨啊——」

喂，妳這是什麼意思？我才不想被一個笨蛋說是笨蛋呢。

原本在客廳裡檢查行李的莉亞這時一屁股坐到我身邊的沙發上。接著把臉靠近我，口中一邊嘖嘖有聲一邊搖著手指。

「你有沒有仔細聽莉亞說話？當然對桐乃復仇是我最重要的目的！但還不只是這樣而已……」

「啊啊……妳確實還說了想觀光、想見桐乃等等的理由。但那是……」

優先順位不怎麼高的理由不是嗎？

所以一旦向桐乃報復成功，也就沒有理由再留在日本了不是嗎？

「才不是哩。根本不是那樣。」

不知到底有什麼奇怪的地方，讓莉亞整個人開始捧腹大笑。

或許是我看錯了吧，一瞬間她竟然──露出了帶點輕佻且成熟的表情。

「莉亞呢，很希望能知道那時候為什麼會輸給桐乃。我是來確認當時到底是什麼讓桐乃可以那樣加速。這才是莉亞真正的目的。我在美國聽完大家所說的話之後，大概就已經知道是什麼原因了──但還是想親眼確認一下。」

「…………」

「然後啊，我已經完全了解了。所以才要回去。不快點回去練習的話，馬上就會被桐乃追上的。所以我根本就待不下去。」

原來如此。

「我想讓莉亞看看我喜歡的東西。」

「我完全了解了，桐乃。」

莉亞在看過秋葉原的街道之後所理解的原來就是這麼回事嗎？

也就是說……桐乃唯一贏過莉亞的一次是在我到洛杉磯的時候嗎？

就是她說完「……我現在要去外面辦點事情」，然後就出門的那時候。

玩過久違了的十八禁遊戲之後，完全恢復元氣……然後便對莉亞提出挑戰。

「桐乃在國外因為沒有自己喜歡的東西而搞壞了身體。而妳在國外不斷打敗的，不能算是真正的桐乃。而當她忽然就恢復原來的實力時，妳當然會嚇一大跳吧。」

「咦？你不是也很了解嗎！」

「別太看不起人啊，小鬼頭。妳以為我是誰啊？」

「是超喜歡桐乃的大哥對吧？」

「為……為什麼會出現這種結論！」

「因為桐乃在美國之所以會滿身瘡痍，完全都是沒辦法見到哥哥才會那樣——而桐乃的速度會突然變快，就是因為哥哥到洛杉磯來了。不是嗎？」

這……這傢伙……竟然有了如此嚴重的誤會……！

桐乃之所以會生病，完全不是因為見不到我——

而是因為和妳同寢室所以沒辦法玩十八禁遊戲啊！

其他還有因為見不到黑貓和綾瀨等好友的影響！

然後桐乃會突然復活，全都是因為我帶了成人遊戲給她玩！

證據就是那傢伙自己也這麼說了！她說「我好久沒像這樣盡情做自己喜歡做的事了……實在覺得相當高興」、「玩一下成人遊戲之後，好像稍微有點精神了」！

冷靜下來一想，就會覺得這種復活的理由實在太荒謬了！

我實在沒辦法對這個純真的小孩說「贏過妳的其實是十八禁遊戲的力量啊」！

沒……沒辦法……只好讓這個傢伙繼續誤會下去了。

「莉亞，確實正如妳所說。桐乃就是因為和她最喜歡的哥哥我重逢了，所以才會復活。」

「哦哦，是愛的力量！」

「哼，嗯——大概就是這樣啦。」

啊啊好噁心。嗚噁——呸呸呸。

「果然如此——那我也變得超喜歡大哥的話，腳程是不是也能變快呢？」

「那怎麼可能！」

我終於了解了！第一次見面好感度就是ＭＡＸ原來是根據這種邏輯而來？

「別黏過來，熱死人了！妳以為現在是幾月！」

「我超喜歡京介葛格！嗯——啾啾♡」

「喀啦！」一聲，客廳的門被打了開來。

「你……你們兩個又來了！想讓我罵你幾次啊！你這個蘿莉控！垃圾！」

呀——！

桐乃，話說妳為什麼每次都像已經在門後面等很久了一樣，老是在最糟糕的時機出現呢？

可惡……我……我乾脆就當蘿莉控好啦！

與莉亞告別的時刻終於來臨。

我和桐乃到玄關目送一起生活了好幾天的小妹。

「再見了，莉亞。下次就輪到我復仇了，妳給我小心點唷！」

「妳不可能成功的。我才不會輸給像桐乃這種因為不純理由而練習田徑的人呢。妳就一輩子跑在莉亞後面吧。」

「哼，妳還真敢講啊。我的確不像妳那麼單純，只是因為喜歡跑步就開始練田徑。但我可不是那種輸了之後還可以完全不報一箭之仇的乖乖牌！」

「真的辦得到嗎——？妳不是已經達到當初的目的了？」

「但現在田徑也已經是我重要的一部分了。和其他寶貝一樣，我也絕對不會放棄田徑。」

「光聽這種說法，會覺得妳只是個半吊子而很讓人生氣……但實際上應該不是這樣。桐乃妳就是靠那些東西，才能夠越跑越快的吧？」

「就是那樣。而且——要說新目標的話，我已經從妳身上找到啦。」

桐乃挺起胸膛。臉上出現堅定且沒有絲毫迷惘的表情。

「我只能說那妳就盡量努力吧。不過我絕對不會輸給桐乃。絕對絕對不能輸給妳。當桐乃正努力投入在別的事情裡時，別忘了莉亞還是持續在練習田徑唷！」

「我才不怕呢，妳就等著我去報仇吧。」

「啊哈，ＯＫ。」

兩個人互相用拳頭碰了一下。

那是我這個外人所無法介入的對話。這兩個競爭對手似乎已經心靈相通了。

「……那我差不多該走囉？」

「嗯。bye bye，莉亞。」

「bye bye，桐乃。」

莉亞露出依依不捨的微笑——然後便轉身背對我們。

當她把手放在玄關的門把上時，桐乃對著她說了一聲「那個……」。

「莉亞，我有件事忘了問妳。」

「什麼事？」

莉亞只將頭轉了過來。

「妳在洛杉磯跟我比賽時，腳上有戴加重器嗎？」

「————怎麼可能有戴嘛。我當然把它拆掉了，當時也是很認真地跟妳比賽啊。」

「這樣啊。那就好。」

桐乃說完就將頭轉到一邊去了。

莉亞馬上就跑到外面，這次則是整個人面向我們這邊然後說：

「京介大哥！bye bye————囉！莉亞下次來的時候，請你跟我結婚然後一起回洛杉磯唷！就這麼約好囉————！」

「誰跟妳這麼約好了！快回去吧！妳這人小鬼大的傢伙！」

「耶嘿嘿！對我這麼兇不怕將來後悔嗎————？下次見面時，說不定我會變成一個大美女唷！」

留下這句話之後，莉亞便一口氣加速向某處跑走了。

可能是又準備跑步到機場去了吧。

唉～真拿她沒辦法……

從海的另一邊忽然跑來，大鬧一番之後就又回到海的另一邊去了——

這傢伙還真像颱風啊。

「走掉了……」

「嗯嗯。」

我和桐乃暫時凝視著莉亞跑走的道路前方。

「還真有點寂寞呢……」

「蘿莉控。」

「我……我才沒那種意思呢！」

「啊，對哦。你是妹控對吧？」

桐乃發出像是嘲弄般的「噗噗」笑聲。照這種樣子看來，這傢伙應該是聽見我和莉亞的那段話才故意這麼說的。

桐乃一邊忍著笑一邊這麼說道：

「喂，我有事要拜託你。」

「哦，又是『人生諮詢』嗎？」

不由得發出高興的聲音讓我感到很懊悔。

但是桐乃卻搖了搖頭。

「才不是哩。不是說過上次已經是『最後』了嗎？」

「這樣啊。說的也是哦……」

確實妹妹的「最後的人生諮詢」已經結束了。

今後桐乃也不會對我提出「人生諮詢」的要求了。

不過呢……話說回來，人生諮詢這種東西本來就沒有辦法加上最初或最後。

所謂「人生諮詢」和「拜託」到底是哪裡不同呢？老實說只是名稱變了而已吧？

不過如果桐乃是這麼認為的話，那我也沒什麼好說的。

但這真是非常奇怪的一件事。一開始接受她人生諮詢時——我是那麼的不情願與不耐煩。

但現在卻——不不不，現在也還是很討厭就是了。

「那到底要『拜託』我什麼事？我今天心情不錯，就特別聽妳講一下吧。」

但至少會覺得實在拿她沒辦法，就聽一下她說什麼好了。

我想今後和這個不可愛妹妹的日常生活也會這樣持續下去吧。

當然我也希望能夠這樣持續下去。

「嗯……嗯，那個……真的很難開口……」

「——你啊，當我的男朋友好嗎？」

Character file.13
Ria Hagry

◆性別：女
◆年齡：12歲
◆身高：153cm
◆體重：44Kg
◆三圍：75/55/80

莉亞・哈格麗

◆腳程世界第一快的小學生。桐乃到美國留學時的室友，與桐乃之間就像姊妹一樣。非常喜歡跑步，簡直就像匹純種賽馬般的少女，對於其他事情毫不關心。為了「某種理由」而來到日本。

後記

※有提及關於本篇的內容，敬請注意。

我是伏見つかさ。非常感謝您購買《我的妹妹哪有這麼可愛》第六集。終於來到第六集了。我一邊寫著這篇後記，一邊感受著努力走來的幸福。

那麼，不知道各位對這桐乃回國後的第一集有什麼樣的感想呢？

我在創作本書時，訂下了「能讓讀者大笑三次就算成功」、「能讓讀者捧腹大笑一次就算全盤獲勝」這樣的目標。如果在大家身上有達成目標的話，我將會感到很高興。

另外，本書裡面出現「衝到Radio會館屋頂」的場景，但實際上那裡貼著禁止通行的布條而沒辦法進入。而且在店裡面奔跑是相當令人困擾的行為，請各位千萬不要模仿。

接著我要藉著這個地方向協助取材的各位朋友道謝。指導我關於理想御宅族房間的諸位、提供模型玩家知識的小原擔當編輯、解說關於說書場知識的友人A、在眉山活動裡排在最前面的各位聲優粉絲們，都是託你們的福本書才得以完成。真的非常感謝你們。

最後是要感謝寫信給我的各位書迷。

東京都的S木讀者（黑貓的人氣比我想像中來得高實在讓我嚇了一大跳），A野讀者（京介大哥哥和麻奈實似乎很受中小學女生的歡迎讓我感到很高興），がちゃぴんのみどり讀者

（一直很感謝你！），I部讀者（對我來說這封信是寶物），I崎讀者（謝謝你寄給我這麼可愛的賀年卡），H口讀者（京介他們是住在千葉縣。這封信我也會交給かんざき老師），埼玉縣的S水讀者（讓我非常高興的一封信。我想赤城哥哥下一次也會出場），福岡縣的U野讀者（完全傳達給我了！），熊本縣的琥珀讀者（學校的制服很可愛耶。不嫌棄的話，也可以將本書推薦給喜歡BL的朋友看看），北海道的H和讀者、S田讀者（有史以來最長的信讓我嚇了一大跳。而且還附了插圖……！但卻沒辦法裝進目前使用的信件匣裡面），成瀨ユキ讀者（我把您漂亮的插畫卡片拿來使用在第六集的作者近照上了）、S藤讀者（我拜讀過您寫在部落格上的感想了。很高興您能一邊進行各種想像一邊閱讀本書），香川縣的T田讀者（我仔細地看過您充滿靈魂的自作設定資料了。登場的女孩子每個人都很高䠷呢！三十個人當中最矮的是一百七十一．七公分，而三分之一的女孩都超過一百八十公分可以說是相當特殊的輕小說企畫。另外胸部與故事內容整體來說也過於龐大，但這種主題概念的企畫只要仔細規劃執行方法的話也是有可能實現。我個人相當喜歡），宮城縣的S原讀者（您太客氣了，我才要謝謝您給我這麼棒的一封信呢。您的話讓我非常感動）。

各位讀者的來信給了我很大的鼓勵，也請大家今後繼續寫信給我。

下一集（目前一個字都還沒寫所以會有所變動也說不定）我打算以「戀愛」為關鍵字來發展整個故事。請大家拭目以待。

二〇一〇年三月　伏見つかさ

蘿球社！ 1~4 待續

作者：蒼山サグ　插畫：てぃんくる

就算被充滿煩惱的少女們給耍得團團轉，
依然還是充滿活力的青春運動喜劇第四集！

進入暑假，將要首次跟其他學校的女子迷你籃球社比賽的智花等人難掩興奮情緒。而且對手是經常打進縣內大賽的強校，因此昴也打算以少女們的真正教練身分多學一點東西，然而……對方的惡劣對待，讓一行人突然被迫開始等同於野外露營的生活——

各 **NT$180~200/HK$50~55**

台湾角川

Kadokawa Light Novels

貓娘姊妹 1 待續

作者：伏見つかさ　插畫：かんざきひろ

超可愛的貓娘姊妹
用貓咪的視點來看人類

貓又姊妹之中的三女美緒，滿十四歲時她終於成功化為人形。大姊命令美緒——先體驗了人類世界的生活後，再決定是否要以人類的模樣繼續生活。於是美緒為了要了解人類展開了七天七夜的人類生活……

台湾角川

NT$180/HK$50

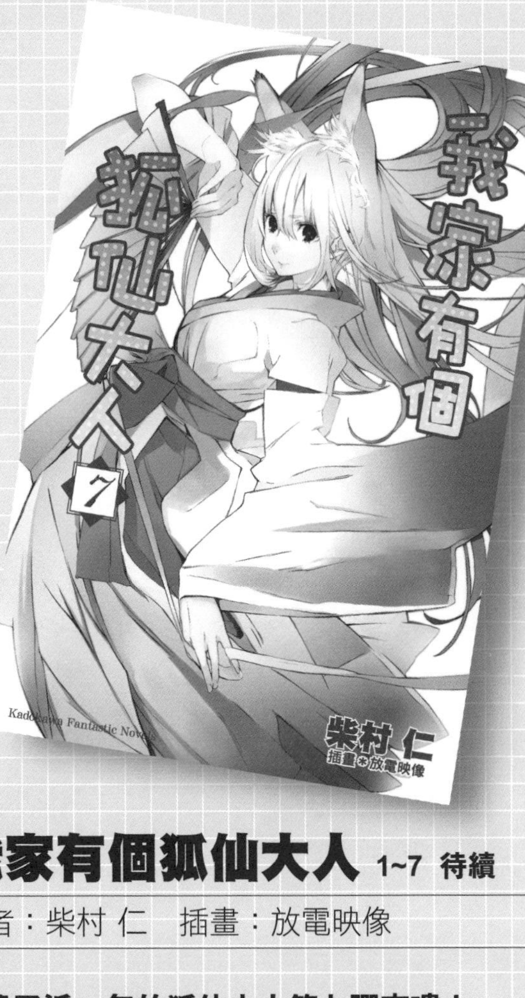

國家圖書館出版品預行編目資料

我的妹妹哪有這麼可愛！ / 伏見つかさ作 ; 周庭旭譯. ── 初版. ── 臺北市 ： 臺灣國際角川, 2009.06

面； 公分. ──(Kadokawa fantastic novels)

譯自：俺の妹がこんなに可愛いわけがない

ISBN 978-986-237-137-4(第1冊：平裝)

ISBN 978-986-237-271-5(第2冊：平裝)

ISBN 978-986-237-411-5(第3冊：平裝)

ISBN 978-986-237-591-4(第4冊：平裝)

ISBN 978-986-237-770-3(第5冊：平裝)

ISBN 978-986-237-870-0(第6冊：平裝)

861.57 98007943

Kadokawa
Fantastic
Novels

我的妹妹哪有這麼可愛！6

（原著名：俺の妹がこんなに可愛いわけがない 6）

2010年10月15日 初版第1刷發行
2018年10月5日 初版第7刷發行

作　者：伏見つかさ
插　畫：かんざきひろ
日版設計：伸童舍
譯　者：周庭旭

發行人：岩崎剛人
總經理：楊淑媄
資深總監：許嘉鴻
總編輯：蔡佩芬
副主編：朱哲成
設計指導：陳晞叡
印　務：李明修（主任）、黎宇凡、潘尚琪

發行所：台灣角川股份有限公司
地　址：105台北市光復北路11巷44號5樓
電　話：（02）2747-2433
傳　真：（02）2747-2558
網　址：http://www.kadokawa.com.tw
劃撥帳戶：台灣角川股份有限公司
劃撥帳號：19487412
法律顧問：有澤法律事務所
製　版：巨茂科技印刷有限公司
ISBN：978-986-237-870-0
香港代理：香港角川有限公司
地　址：香港新界葵涌興芳路223號
新都會廣場第2座17樓 1701-02A室
電　話：（852）3653-2888